S P R I N G

每一本好書都是一顆種子，
春天播種在你的心田夢土上。

Spring

S P R I N G

每一本好書都是一顆種子，
春天播種在你的心田夢土上。

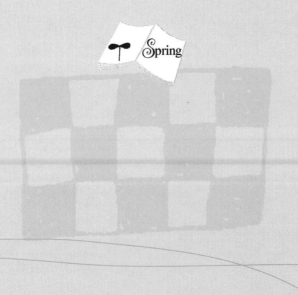

S P R I N G

每一本好書都是一顆種子，

春天播種在你的心田夢土上。

S P R I N G

每一本好書都是一顆種子，
春天播種在你的心田夢土上。

地獄浩劫

地獄系列
第五部 5

「龍生九子，不成龍。」

古老神祕的九大妖獸降臨台北，將爲詭異戰局帶來什麼驚人變化？

一紙狙殺令，台北城群妖爲之瘋狂，他們目標究竟是什麼？

地獄遊戲的祕密被層層剝開，裡面眞相竟然是……

自序

經過漫長的文字奮戰，終於，地獄五誕生了。

第五部一完成，這部作品就榮耀的打破了我寫過最多的字數——五十萬。

五十萬文字的堆疊中，裡頭的每個角色無論是源自武當張師父的少年H，還是來自古埃及神話的阿努比斯，早已脫離了原本神魔的背景，變成有血有肉的『人』了。

整個故事的軸線同時也越來越清楚，少年H在新竹大戰濕婆，而阿努比斯在台北與黑榜諸魔纏鬥，這兩個角色一個是活潑俏皮中不乏沉穩，一個是深沉霸氣中卻仍有溫柔，兩個人的命運，同時也決定了地獄遊戲，不，整個地獄人間的命運。

另外，這本書正式出版的時間，也許會碰到我二十九歲的生日，那就先在這裡，祝我自己生日快樂。然後，勇敢迎向所謂的「男人三十」吧！一個男人生命中最重要的時間點之一。

二十九歲，這樣算來，距離我寫作時間，也已經七年多了。這七年，我從學校畢業，當兵，唸研究所，然後工作，而寫作彷彿是一個至交好友，自始至終都陪伴著我。許多讀者，都從學生時期認識，到現在已經養兒育女成為人父人母，想到這裡就覺得真是有趣。

序的結尾，還是將本故事送給一個人，我生命中的小太陽。謝謝妳照耀我，讓我生命中充滿溫暖的陽光。

Div

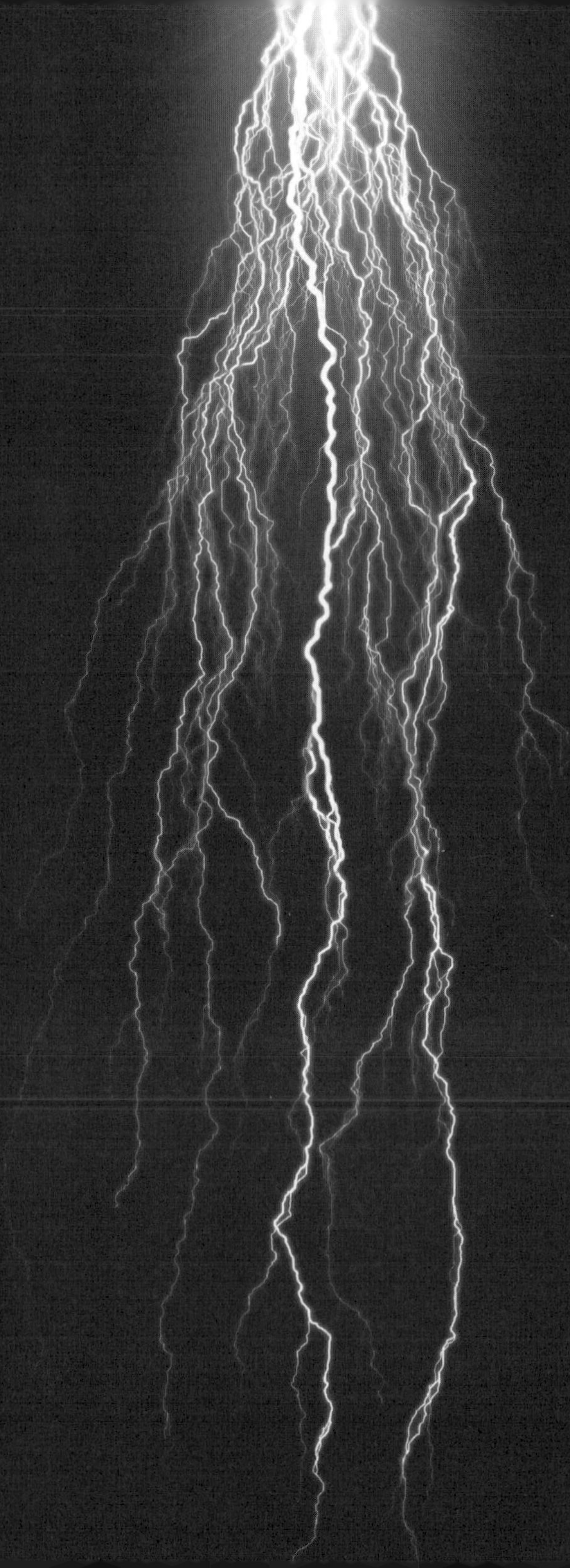

地獄浩劫

目錄

楔子

雪，在冬天的夜晚緩緩落下，將世界綴成單純的黑白兩色。

一個男人身穿黑色斗篷，正踏雪而行。

深深的腳印，在無涯的雪地，留下一條蜿蜒的記憶。

男人的身上已經被雪染白，卻依然固執的前進著，終於，他停下腳步，停在一堵寬大無比的白牆之前。

在濃到連視線都消失的大雪紛飛中，這堵白牆的存在，就像是一尊矗立的巨大雪怪，其威勢震人心魄。

這男人仰起頭凝視著這堵白牆，吐出一口長氣，天氣至寒，長氣竟然瞬間化作片片碎冰，落到地上發出清脆響聲。

如此寒冷，這裡究竟是哪裡？

「這裡的冷，」男人仰著頭，自言自語。「已經不下於極寒地獄了啊。」

不是極寒地獄，那這裡究竟是哪？

男人伸出手，按住了眼前這堵高大直通天際的白牆，沉默了半晌。「原本是一片荒蕪的此地，竟然發生這樣的驚人的天氣異變……究竟是怎麼回事？」

「我想，唯一的可能，」男人深吸了一口氣。「就是這堵『嘆息之壁』的後頭，發生了什麼超乎想像的變化。」

眼前這堵直通天際的高牆，就是位在地獄第十層，任誰都無法跨越，只能長嘆一聲後離開的……嘆息之壁？

而嘆息之壁後方，不就是傳說中最可怕的阿鼻地獄嗎？阿鼻地獄究竟發生了什麼事？

「嘆息之壁啊嘆息之壁，」男人的手深深的按入了白牆之中，雪霧中，隱約可見他的嘴角溢出一絲冷峻的微笑。「今天，就讓我來打開你吧！」

只見，男人的手，慢慢的由正常的膚色，轉變成焰紅色。

當焰紅越來越濃烈，一股蒸騰的熱氣也隨之竄了出來，把積在牆上的雪，燒開了一個大洞，露出了嘆息之壁原本深灰色的模樣。

「給我，破！」男人狂吼一聲，他發燙的手掌離開牆面，高高舉起……

然後，手掌瞬間增速化作一道火流星，重擊上嘆息之壁！

如此兇猛的掌勁，直接轟向牆面，照理說，無論哪道牆都該應聲而破。

但，別忘了，這可不是一座普通的牆。

它可是嘆息之壁，它是孤守著地獄底層千萬年的永恆結界。

男人的掌壓，先是讓嘆息之壁的牆面向下凹陷，凹出一個數十公尺寬的大洞，眼看牆磚就要承受不住壓力破碎，讓男人乘隙而入。

但，這一剎那，巨大的牆壁卻像是有了彈性，先是微微下凹，然後凹痕開始往四邊擴散，一直散到牆壁無端。

男人雷霆萬鈞的掌勁，就此消失無蹤。「好傢伙！竟然能散去我的力量？」男人先驚後怒，他雙手抬起，這次不再是如雷的一掌，而是化作狂風暴雨的千掌萬掌。

只見掌如雨，密密麻麻的轟入牆內，嘆息之壁頓時被搗出數百個掌印。

「這樣，還不破？」男人狂吼，最後雙手合而為一，合成一道淒厲絕倫的狂猛之力，直印向嘆息之壁。

錚！

男人只覺得這雙掌和牆面接觸的一瞬，一聲高亢的長音，貫空而過。

他的掌，竟然沒有碰到牆面。

嘆息之壁竟然像是有生命似的，自動回縮，在千鈞一髮之際，避開了男人威猛的全力一擊。

「好啊。」男人露出激賞的表情，「不愧是嘆息之壁，我這千掌內涵的威力，連黑榜十六強都會畏懼，你竟然能將掌勁消弭於無形，好傢伙好傢伙，難怪千萬年來，除了聖佛，無人可以跨過你啊！」

男人退了一步，用力吸了一口氣。

「不過，」在這片冰雪紛飛中，男人露出了一絲冷笑。「我早料到了。」

「要對付你這座嘆息之壁，一定要用非常的辦法……」男人伸手入懷，掏出了一個毛茸茸的球形物體。

然後，男人將這毛茸茸的物體扔在地上。

「喂，別睡了，起床了！牆壁的剋星！」

只見那物體先是動了兩下，然後背部慢慢的伸展出一條靈活的尾巴，尖尖的鼻子也從這團毛球中伸了出來。

「中國有一個古老的故事，叫做老鼠娶親，故事的老鼠爸爸為了替女兒找一個好婆家，先後問了威武的太陽、厚重的雲朵、漂流的大風，甚至是可以擋住大風的牆……最後竟然發現，唯一可以穿過巨牆的，卻是自己的種族。」隨著這故事的尾聲，男人嘴角泛起的弧度也越來越大。「你知道嗎？永恆之牆，這次，我可是真的找來了你的剋星！」

男人低下頭，用腳踹了那毛茸茸物體一下。「是吧，該醒醒了！」

「哈秋！好冷啊！」那物體被男人一踢，終於顯現了他的全貌，佈滿細毛的身體，一條長長的尾巴，還有鼻下小而尖的利牙。

他是老鼠。

人類所有的故事與傳說中，唯一能和巨牆抗衡的天敵，正是這種專鑽小洞，無孔不入的黑暗生物，老鼠。

「你終於醒了啊？」男人冷冷的說。

「老大！」老鼠先是驚懼的看著男人一眼，又往四周瞄去，「這……這裡是哪裡？」

「這裡是嘆息之壁。」男人冷笑，「也是你派上用場的時候了。」

「呃？嘆息之壁？」老鼠轉頭，圓鼓鼓的眼睛張得老大。「這裡是地獄最底層啊！」

「你知道你要做什麼了吧？」

「老大，您要我……挖開它？」老鼠喉頭咕嚕一聲。

「沒錯。」

「這可是嘆息之壁欸！」老鼠尖叫。「千萬年來，除了聖佛……」

「你可以選擇，挖開嘆息之壁，或者是……」男人的手掌慢慢的舉高，剛才威震八方的掌心，又再度冒出了兇怒火光。「選擇讓我手掌輕輕摸一下。」

「是是是！」老鼠見到那手掌，身體一跳，轉頭面對嘆息之壁，輕輕說：「牆啊牆，我和你無冤無仇，只怪我老大不喜歡你啦！」

說完，原本瘦小的老鼠，忽然脹大起來，越脹越大，像是吹氣球似的，鼓到了和男人差不多大小。

原本短細的毛變得又長又利，四隻爪子發出黑亮的光芒，而嘴角那突起來的牙齒，更是銳利到讓人頭皮發麻。

「這才對嘛。」男人雙手抱胸，好整以暇。「鼠精，你終於拿出你當年在十二生肖排行的實力了。」

「哼，我不叫鼠精了。」老鼠還沒說完，全身撞向嘆息之壁，牙齒和爪子同時發動，刨向了堅硬的牆磚。「我現在叫做……」

「叫做什麼？」

老鼠越挖越快，身體發出非常眩目的電光，刺眼到讓人眼睛無法睜開。

「皮卡丘啊啊啊！」

嘆息之壁，似乎天生就無法抵禦老鼠這樣的生物，更何況是一隻修煉數百年的老鼠妖精。

只見嘆息之壁的牆角越來越薄……越來越薄……老鼠精整個身體已經埋進了牆壁之內，露出一條尾巴呼溜溜的甩動。

這座強悍地守住地獄最底層的永恆之牆，竟然要在一隻皮卡丘……不，老鼠精之下應聲崩壞嗎？

忽然，不斷甩動的尾巴，停住了。

然後尾巴像是受到驚嚇似的，整個伸直，直指天空。

「幹嘛？老鼠精？」男人皺眉。

「老大……我好像，聞到了一股味道。」

「嗯？」

老鼠的尾巴，開始發抖。「龍，有火龍的味道。」

龍？男人一驚，卻發現不知道從什麼時候開始，一道深黑巨大影子，已經像是惡夢一樣，從背後悄悄籠罩了下來。

龍。

男人慢慢轉身，仰望著正站立在他們面前，有如一座高山的紅色巨龍。

「熔岩火龍，傳說中嘆息之壁的守護神。」男人嘴角露出笑容。「我以為，這些年來環境的變遷，加上我在地獄政府所主持的『殺龍計畫』，已經讓你們幾乎絕種了呢。」

巨龍，鼻子噴出了兩道濃重的白氣。

這是龍憤怒的證明。

「你能活到現在，表示你絕對是一隻千年老龍。」男人慢慢脫下了斗篷上的頭套，露出了他完整的面目。

嚴峻莊重，髮線斑白，這是一張充滿霸氣領導者的臉龐。

反倒是，龍露出了詫異的表情。

這隻活了千年的老龍，智慧早已超過凡間多數生物的老龍，究竟是看到了誰？

這男人是誰？連老龍都似曾相識？

「龍啊龍啊。只怪嘆息之壁後面的祕密，實在太迷人了。」男人笑，同時間，他的雙手竟然開始消失。

不，不是消失，而是化成千百個黑點，嗡嗡作響，盤繞在他掌心的周圍。

「吼！」老龍頭一仰，喉頭鼓動，一股熱氣翻上了雙頰。

然後，牠鼓起所有的熱氣，用力往前一噴。

灼熱的熱浪，在這片映著雪白銀光的冷夜中，捲出一條明亮焦燙的死亡之線。

死亡線的另一端，直落向那個神祕的男人。

「地獄烈焰？傳說中可以燒融一切高溫。」男人看著這股翻湧而來的熱浪，昂起頭，嘴角冷笑。「只可惜，對我沒用。」

這句「沒用」的聲音剛落，強大的火柱直接擊中空蕩蕩的斗篷，炸成一片紅色的飛屑。

紅色飛屑緩緩飄落，裡頭卻是空無一人，男人竟然憑空消失了。

取而代之的，卻是一蓬飛在空中，發出嗡嗡聲音的黑點。黑點先是微微的在原地盤旋，微微收縮之後，忽然像是一道黑色利箭，破空而出，直刺向那隻巨大的火龍。

火龍咆哮一聲，嘴巴再度噴出一粒巨大火球。

只是火球快，黑影更快，無數黑點嗡然一聲四散開來，立刻躲掉了這炮凌空而來的火球。

而且，在火龍發出下一炮火球之前，黑影就以詭異的姿態，盤上了火龍的脖子。

像是一條帶刺的黑色鎖鏈，先是纏上火龍的脖子，然後，勒緊。

再勒緊、再勒緊。

火龍脖子上的鱗片發出「嗶剝……嗶剝……」的聲音，千年老龍的堅硬厚鱗，竟也擋不住這黑色鎖鏈的絞力，出現了裂痕。

「嘎吼！」火龍發出嘶吼，背後巨大的翅膀一振，氣勢萬千的飛了起來。

劇痛中，火龍的爪子往自己的脖子用力一拍，黑點順勢消散，卻又在下一秒重新聚合。

於是，火龍和男人化成的點點黑影，就在空中進行了一場怪異絕倫的纏鬥。

更可怕的是，火龍的身體開始出現腐蝕的現象，原本飽滿精實的身軀，被黑影蛀出一個又一個血肉模糊觸目驚心的小洞。火龍不斷咆哮，不斷發出低沉而特殊的音節，這是龍族的語言，遠在人類發明語言之前，龍族就已經進化出自己的溝通文字了。

『你到底是什麼東西?』龍用自己的語言怒吼。『為什麼要打開嘆息之壁?』

「告訴你，嘆息之壁其實只是一道結界，為了保護某種東西的結界，怪就怪它後面的東西太有趣了!哈哈。」黑影冷笑。

火龍劇痛之餘，掏出爪子往身上猛一拍，總算拍中了部分的黑影。

而這一次，火龍攤開爪子，爪子上點點的黑色屍體，終於讓牠看見了這黑影的真面目。

這個聰明到懂得利用老鼠來破壞嘆息之壁，這個連千年老龍都不是對手，這個權傾地獄政府，設計滅龍計畫……的強者。

竟然是……

火龍發出慘烈怒吼，用盡牠生命的力氣發出怒吼……「蒼蠅!」

「哎啊啊，被你發現我真實的身分了。」蒼蠅再度凝聚成人形，模糊的臉上，嘴角綻放讓人膽寒的微笑弧度。

「抱歉啦，就算你是保育類動物，這次，我也非得殺了你不可。」

第一章《地獄，薔薇末日》

一群人，正站著微笑。很少見到，這麼多的人會同時聚在一條馬路上，而且每個人都是閉上眼睛，安詳的微笑著。

無論這群人手上，原本抓著什麼樣兇殘的武器，或一柄沾著血跡的長劍，或一把黏著腦漿的巨鎚，或是幾把黏著碎肉的長刀……

他們此刻的表情，卻都同樣的安詳和溫和。

彷彿，夢回了自己最初的童年，那個記憶中寒冷的冬夜，溫熱的爐火正燒著，母親坐在搖椅上，長長的影子隨火光輕輕擺動。

這樣的畫面，好溫柔，好令人懷念啊。

畫面中，拿著針線的母親，轉過頭來看著自己，臉上盡是慈祥的笑容。

然後，母親輕柔的唱起了歌來。

「寶貝，寶貝快快睏，一眠大一吋。一眠大一吋。」

所有人，在這條佈滿血跡、屍體，以及滿地道具的長街上，眼睛舒緩的閉著，輕輕搖擺著自己的身體，隨著記憶中母親的旋律擺動著。

誰能想像，在十分鐘前，這條街上剛剛上演一場台北城有史以來最慘烈的大戰，來自南台灣的薔薇軍團，在這條僅僅三十公尺的南陽街上，被地頭蛇遊俠團殲滅殆盡。

只是，此刻，方才還帶著瘋狂殺意的遊俠團戰士們，卻閉上了眼睛，隨著身體的搖擺，回到記憶中母親的畫面中。

為什麼？

「對啊，究竟是為什麼？」目前遊俠團中，唯一能夠堪稱一流高手的九指丐，望向深沉的夜空，他看見了一絲詭異。

粉橘色的小花。

一朵一朵，像是台北市冬夜的小雨，緩緩的飄落下來。

「罌粟花？」九指丐聽到自己乾啞的自言自語。「如果按照情報，掌握罌粟花的人，應該是薔薇團的三號人物……豔紅玫瑰？」

九指丐的眼睛往四周瞄去，身為遊俠團的地下情報隊長，他可以嗅出在這片祥和的氣氛中，實則隱藏兇險無比的陷阱。

如果豔紅玫瑰發動攻勢……可能會在瞬間讓所有遊俠團的人自相殘殺，損失過半。

雖然遊俠團掛掉幾個人，他九指丐可是一點都不在意，但是，他只要一想到夜王回來發現這件事時候的臉。

「那張胡狼臉，如果生氣起來，我的頭會被他整個咬掉吧。」九指丐自嘲，「為了我這張帥帥的臉……好吧，我就認真一點吧。」

九指丐閉上眼睛，將左手舉高，映著此刻微薄的月光。

少了小指的手掌，透露出一種殘缺的狠意。

「要進黑榜，總要有幾把刷子，就讓妳瞧瞧，我九指丐的厲害吧。」

可是，在九指丐啟動能力的同時，天空中緩緩飄下的罌粟花顏色，卻剛好在這時候變了。

變了，一瓣一瓣變成帶血的赤紅色。而這些受到蠱惑的遊俠團戰士們，眼睛倏然睜開。

帶著滿佈血絲的眼睛，睜開了。

「殺吧！」空中的罌粟花，透露出滴血的怒意。「殺光吧！殺吧！殺光你周圍的人吧！」

殺吧。

殺光你身邊所有的人吧！

率先發動攻勢的，是遊俠團中的工人。

「嘎嘎嘎！」尖銳刺耳的電鋸啟動，掃向了一旁的夥伴，掉下殘缺的半顆頭。

然後是操縱植物的農夫。

「啪啪啪啪……」水泥地裂開，一株又一株帶著利齒的咬人花，咬住了夥伴的腳，然後吐出酸液，將腳和褲子融成一片油滑的爛泥。

接著是撒錢的商人。

「吼吼吼吼！」來自冥界的招喚怪物，身上插滿卡片的卡奴，從身體上射出一片一片卡片，把自己的夥伴臉上和身上，砸出一個又一個的血洞。

最後，才輪到士人。

「滋滋滋！」張開的筆記本，呼喚出如同地雷般的電球，電球在夥伴間蔓延，一觸電球渾身焦黑，粉身碎骨。

十分鐘，遊俠團就因為深陷在罌粟花組成的殺陣中，喪命了超過兩百名鬥士。

豔紅玫瑰，果然不愧是薔薇團的三號人物，也是不容小覷的角色。

只是，現在的豔紅玫瑰，究竟在何處呢？

此刻的她，正躲藏在南陽街補習大樓的頂樓，身體倚著窗戶，靜靜凝視著腳下這一片殘酷的殺戮戰場。

看著薔薇團的團員已經全數倒下，剩下的都是遊俠團的團員們在自相殘殺，豔紅玫瑰嬌貴的表情中，洩漏一絲苦笑，她的腦海卻回到了半年前，薔薇團還剛剛成立的時候……

一開始組隊的人，是隊長野玫瑰。

因為地獄遊戲中多數的玩家都是男生，使得這本來就標榜著戰鬥的網路遊戲，變得更加血腥暴力，簡直就像是網路上的黑社會翻版似的。

所以，野玫瑰號召了她們幾個少數的女生，組成了薔薇團。

以玫瑰為主力的野玫瑰、操縱劍蘭的荊棘玫瑰、掌握罌粟花的豔紅玫瑰，還有她們的小妹，熱愛牡丹的粉紅玫瑰。

四個女人，在男生的世界中，闖出了一片天。

豔紅玫瑰甚至還記得，當她們等級還未超過二十的時候，有次荊棘玫瑰、粉紅玫瑰以及自己出任務，卻被其他男性玩家陷害，將她們的行蹤洩漏給八大怪物中的軍隊，使得她們三人陷入空前的危機。

小妹粉紅玫瑰先受傷倒地，接著豔紅玫瑰被軍隊的流彈所傷，僅剩下二姐荊棘玫瑰，靠著劍蘭暗器，逼住了軍隊。

「二姐，走。」豔紅玫瑰躺在地上，咬著牙。「不走，連妳都陪葬。」

地獄浩劫

「不走。」荊棘玫瑰雙手翻飛，手上的劍蘭如同蜿蜒河流，射向不斷往前逼近的軍隊。

「二姐，走啦。」粉紅玫瑰語帶哭音。「不可以讓薔薇團就此消失。」

「不走。」荊棘玫瑰依然搖頭，體內的靈力正隨著劍蘭射出，正急速消耗。

「二姐！」豔紅和粉紅玫瑰同時喊道。

「大姐野玫瑰會來找我們。」荊棘玫瑰眼睛直視，聲音沒有絲毫動搖。「我已經寄風信子給她。」

「只是一個風信子……這麼久了，她都沒來。」

「會來的，她會來的，因為，風信子可是我們的盟約。」激戰中，荊棘玫瑰回眸，淡淡的微笑。

那微笑，飄揚在不斷飛射而來的軍隊子彈中，在滿臉血污的荊棘玫瑰臉上，如清晨花朵般綻放開來。

豔紅玫瑰忘不掉，從此，都無法忘掉那微笑。

荊棘玫瑰的那微笑。

此刻，同樣的兵戰凶危，同樣的孤立無援，豔紅玫瑰卻想起那微笑，她嘴角忍不住揚了起來。

荊棘玫瑰的笑，那樣堅定，那樣固執，那樣毫不遲疑，選擇相信自己的信念。

那晚，野玫瑰果然率領了所有的薔薇團團員前來救援，她單槍匹馬衝入軍隊之中，將三人從血泊中拖了出來。

其中，以荊棘玫瑰的傷勢最為慘烈，渾身浴血，體內連一絲靈力都已經耗盡，更在左臉頰留下一條無法磨滅的刀痕。

而荊棘玫瑰那淡淡的笑容，卻依然沒有變，她只是托起掌心的風信子，輕輕說了一句話：

「見到風信子，生死都相聚。」

從此，這句誓言，就成為薔薇團四位女生的共同盟約，更讓薔薇團踏上台北爭霸的漫長之路。

只是，沒想到，過了一年後的今天，粉紅玫瑰卻成為第一個陣亡的姐妹。

想著想著，豔紅玫瑰忽然屏住了呼吸。

因為，背後響起了一個跛殘的腳步聲。

「遊俠團果然不愧是遊俠團。」豔紅玫瑰的背影，驕傲而孤單的站在窗戶前。

「這麼快就找到我了？」

「是啊。」那聲音蒼老卻帶有一絲戲謔。

「豔紅玫瑰，罌粟花的操縱者。」

「你來殺我？」豔紅玫瑰依然沒有回頭。

「殺我者，請報上名來。」

「我是九指丐。」聲音嘻嘻一笑。

「我奉了夜王老大的命令，只能跟妳說聲抱歉啦。」

只聽到空氣中這聲「抱歉啦」迴盪，九指丐已經往前踏了一步，在這間黑暗的補習教室中，身影輕輕往前一晃。

只是這一輕晃，竟然包含了九指丐從起步，雙手運勁，雙掌同時往前推出，擊中豔紅玫瑰的背脊，到收勁，回步，九指丐像是沒移動過半步似的，又回到了相同的位置。

但，轉頭一看，豔紅玫瑰的背部，卻在這一晃之間，陷落出兩個粗大的掌印，直透入骨，乍看之下好不驚人。

「為什麼不回頭？」九指丐詫異。

「我希望就算死，正面依然美麗迷人。」

「好怪的堅持。」九指丐笑，「那我不會讓妳失望，我會讓妳的屍體朝上，讓妳保留最美的模樣。」

「謝謝。」豔紅玫瑰微笑，嘴角血絲涓涓流下。
「我替妳可惜。」九指丐說。「怎麼說？」
「罌粟花陣迷惑人心，逼使敵人自相殘殺，是農夫系數一數二的厲害陣法，只是施陣者會喪失自我保護的能力，連一個普通頑童都能輕易殺死施陣者，通常需要一位以攻擊為主的高手在旁護法，妳卻少了這樣一個人。」
「我不是少，只是她還沒到。」
「喔？還沒到？」九指丐笑。「怕是不來了吧。」
「她不是不來，只是還沒到。」豔紅玫瑰眼神渙散，聲音卻無比肯定。
「嗯。」九指丐嘆氣，「妳這麼肯定？」
「因為，」豔紅玫瑰吐出最後一口氣，慢慢倒在窗戶邊。「見到風信子，生死都相聚。」
「是嗎？」九指丐依約將豔紅玫瑰屍體朝上放好，並且將她的雙手在胸前疊好。「此刻的遊俠團大勢已成，薔薇團全軍覆沒，那人肯定是不會回來了，唉，至少妳是懷抱著夢想而離去……」當九指丐嘆氣，緩緩轉身，殘跛的腳在地上拖行，手握門把就要離開，忽然……
他倏然回頭。
兩條濃眉緊緊鎖住，眼睛內滿是詫異神色，直瞪著豔紅玫瑰胸前的那雙手。
那雙手上，什麼時候多了一個「這個東西」？

地獄浩劫

細弱而透明的花瓣，風吹即走的細長形體，它的出現彷彿哀悼著豔紅玫瑰的逝去……

這是一朵花！一朵隨風飄揚的風信子！

「媽啊，豔紅玫瑰還真沒說錯。」九指丐笑中隱含驚恐。「果然，真的來了。」

這裡是台北城之北投。

一朵風信子，正隨著搖曳的風，飄入一座陳舊的公寓中。

它輕輕的飄過滿手血污的三腳蟾蜍，飄過白骨精，飄過躺在地上依舊沉睡的法咖啡，甚至飄過正在遠處埋伏的夜王阿努比斯……

它的體態輕盈，動作高雅，彷彿是一個美麗的精靈，帶來遙遠的消息。

風信子的速度慢了，旋轉兩圈，落在一隻纖纖細手上。

手心主人，這剎那間，眼睛閃過驚異神采。

她是野玫瑰，薔薇團團長，也是整個薔薇團中倖存的最後兩人。

「風信子？她們竟然發動了風信子？」野玫瑰聲音顫抖，「難道，難道，在南陽街的薔薇團發生了什麼事嗎？」

野玫瑰呼吸急促，是她把整個薔薇團留在南陽街，是她趕走荊棘玫瑰，是她信任了兩個外人……

「如見風信子，生死都相聚。」

風信子不只是求救訊號，更是四人的生死盟約。

如今，風信子已到，是不是表示，其他三人已經……

野玫瑰猛一起身，就要往門外奔去。

可是，就在此刻，她的背後傳來一個充滿魅惑力的女音，「野玫瑰好朋友，妳要去哪？」

「白骨精，我要去救我的朋友。」野玫瑰頭也不回，繼續往門外奔去。

「別傻了，夜王正對這裡虎視眈眈，伊賀忍者那群笨蛋又全部陣亡了，妳這一走，妳叫誰來看守法咖啡？」白骨精，說話中隱含怪異的節奏，悄悄的發動起她的特殊能力——呼吸催眠控制法。

「我……」野玫瑰的腳步，在門邊停了。

「好不容易，我們抓到了遊俠團的二號人物，安排了捕捉夜王的最佳陷阱，我們馬上就會殺了遊俠團的夜王，到時候他們群龍無首，又有何威脅性？」白骨精繼續慫恿。「別忘了，這可是妳唯一一次打開澎湖島夢幻之門的機會啊。」

「……可是，薔薇團。」野玫瑰沒有轉頭，背影正在遲疑。

「薔薇團不過是一群網路玩家組成的烏合之眾，讓她們把遊俠團的主力牽制在南陽街，不是正好嗎？」白骨精繼續遊說。「野玫瑰，妳想想，只有和我們一起，才有可能成為真正的遊戲之王啊。」

「……」野玫瑰轉過身子，看著白骨精，臉上一改剛才的憂愁，反而堆滿笑容。「嗯。」

「對嘛對嘛，這樣的野玫瑰才乖，別管那什麼荊棘玫瑰或是薔薇團了，跟著我們，我們再組一個團。」

「白骨精，妳知道嗎？」野玫瑰往前走了一步，臉上的笑容依舊。

「知道什麼？」

「這朵風信子，對我們薔薇團四人的意義。」野玫瑰又往前走了一步，已經和白骨精面對面了。

「什麼意義……咦？」

忽然，白骨精感到一陣戰慄，然後，她慢慢低下頭……

她的下半身，不知何時爬上了密密麻麻的薔薇花藤，花藤上千萬根尖銳倒刺，正虎視眈眈的圍繞在白骨精身體周圍。

這薔薇？是野玫瑰的能力？野玫瑰為何要發動力量，把自己包圍起來，難道……？

「如見風信子……」野玫瑰臉上依然微笑，眼角卻慢慢溼潤起來。

「妳……」白骨精嘴唇顫抖，她身上的薔薇越爬越高，越爬越高，已經淹上了她的喉嚨。

「生死都相聚啊！」然後，野玫瑰眼角淚光盈然，手掌舉高，在空中使勁一握。

這一握，一滴淚珠就這樣從野玫瑰的眼角淌出。

這一握，牽動千萬根薔薇倒刺，同時扎入了白骨精的斗篷內。

然後薔薇藤蔓一陣胡亂絞動，把白骨精連同斗篷，整個擰成了一團破布！

連屍骨都沒有留下。

「如見風信子，生死都相聚。」野玫瑰聲音苦澀，「風信子來了，我的姐妹們，恐怕已經在生死邊緣求存了。」

野玫瑰凝視著眼前白骨精這團破布幾秒鐘，輕輕擦去眼角的淚水，說：「這些日子以來，我究竟是怎麼一回事啊？」

她用力吸了一口氣，轉身，往門外急奔而去。「姐妹們，撐住！我來了。」

可是，野玫瑰才奔到門口。忽然，一陣凜冽的直覺衝上背脊，她聽到了一個聲音，一個可能是她參加遊戲以來，所聽過最恐怖而戰慄的聲音……

一個千嬌百媚，再熟悉不過的女子聲音。「哎喲，野玫瑰，妳難道真以為那一小叢薔薇，就可以殺得了我？」

「妳竟然沒死？」野玫瑰慢慢轉身，背上的衣服已經被冷汗浸溼。「白骨精啊，妳究竟是誰？」

「當然，我可是白骨呢。」白骨精笑著，她一身隱藏在寬大的斗篷以下的白骨，任憑千萬根玫瑰倒刺都傷不了無血無肉的她。「妳聽過，白骨被玫瑰扎傷得嗎？」

看著白骨精一張美豔的容顏下面，是一條一條紋路分明的白色骨頭，野玫瑰只覺得她幾乎要吐了出來。

「妳……不，妳和三腳蟾蜍究竟是誰？」野玫瑰渾身發抖。

「我們？」白骨精伸出白骨蒼蒼的食指，笑著。「妳覺得呢？」

「你們是……傳說中的現實玩家？」

「不，現實玩家是什麼東西？」白骨精笑，「我們可是連地獄政府都畏懼三分的……」

「黑榜群妖呢！」

說完，白骨精身體倏然拆解，全身骨頭在空中化作數十根兇器，在空中稍作停留之後，就以迅雷不及掩耳的速度，插向了野玫瑰。

「吼！」野玫瑰大吼一聲，全身的靈力暴升，一叢一叢薔薇從她身後狂擁而出，化作千條如長蛇，撲向眼前的白骨兇器。

兩強相搏，威力萬鈞，連這棟北投公寓，都猛然震動起來。

激戰。

綿延不斷的薔薇花叢不斷湧向白骨精，只是白骨精早已將自己的身體化整為零，化作數十根白骨，在薔薇花中飛梭。

片片白骨在空中如戰鬥機盤旋，伺機尋找攻擊野玫瑰的機會。

「薔薇如同一條一條毒蛇。」白骨精閃避薔薇花，發出陣陣冷笑。「攻擊方式不過是絞殺和下毒，只可惜，這兩種方法都對我無效！」

「哼。」野玫瑰又何嘗不知，她這手薔薇靈力的天敵，正好是這隻無血無肉的白骨精，但，此刻的野玫瑰，除了選擇戰鬥之外，還能做什麼呢？

只有戰鬥，她才有機會離開這裡，去拯救自己的夥伴。

只有戰鬥，她才有機會去實現風信子的約定。

只有戰鬥，才能稍減她心中的哀痛和歉疚。不斷湧出的薔薇花叢，呼應著野玫瑰內心的哀痛，整個暴漲起來，像是海浪似的淹沒了整個屋子。

薔薇佔滿了整個屋子，白骨精就算會逃，也無處可逃了。

地獄浩劫

「妳沒地方可逃了。」野玫瑰尖銳的怒吼。「整個屋子都已經被我的薔薇所淹沒了！」

「嘻嘻，是嗎？」

野玫瑰聲音才剛落，白骨精銳利的白色手臂骨，就從薔薇之海中硬是透了出來，破開叢叢薔薇，到了野玫瑰的胸膛之前。

「呃。」野玫瑰還來不及反應，白色臂骨的前半段，就這樣消失在自己的胸膛中，然後，鮮血就這樣快速染紅了這條白色臂骨。

臂骨開始慢慢轉動，更深一步的貫入了野玫瑰柔軟的心臟。

人體的幫浦心臟被破壞，這場戰役，就這樣簡潔明亮的劃上了尾聲。

「就叫妳別發瘋。」白骨精笑，所有的白骨一起從薔薇之海中飛出，組回原本的人形。

「想去救什麼夥伴？當我們的傀儡，至少還能多活一些時間，咯咯。」

野玫瑰躺倒在地，原本激烈的蠕動的薔薇海，移動速度轉緩，像是凝在海上的綠色冰島，再也不動了。

而垂死的野玫瑰，她的手慢慢伸進懷中，掏出了一個淺藍色的花朵。

「喔？這是什麼？風信子？」白骨精冷笑。

重傷的野玫瑰嘴角鮮血不斷湧出，她的右手指尖顫動，幾乎握不住這輕盈的藍色小花。

「妳想在最後把風信子傳回給夥伴？」白骨精的右腳伸出，踩住了野玫瑰的右手手腕「幹嘛？妳想通知她們……別想！」

野玫瑰的右手一顫，手指夾住的風信子，幾乎要掉在地上。

「而且，我告訴妳，妳的夥伴此刻受到遊俠團的全力反撲，早已經全軍覆沒了，我猜，恐怕只剩下荊棘玫瑰而已了。」白骨精尖笑，「更何況，妳以為妳現在殘餘的靈力，能催動風信子飛翔嗎？做夢！」

野玫瑰的手不斷顫動，她正在盡全力凝聚身體內的靈力。

不斷的催動她重傷的身體，只要有一點點靈力……只要有一點點靈力，傳到風信子上，就可以讓它飛翔，就可以告訴三個姐妹……——我沒有忘，我始終沒有忘記那個盟約……

可是，她僅存的靈力，卻被白骨精的腳所阻隔，始終沒辦法傳到風信子上。野玫瑰只覺得眼前越來越模糊，暖暖溼溼的淚水，讓她眼眶擴散蔓延。

「我沒有忘。」野玫瑰又咳了一口血，眼淚湧出。「如見風信子，生死都相聚。我想要和妳們相聚，我想要……」

「別傻了。」白骨精大笑，然後她的右手舉高，銳利白骨映著日光，閃爍著兇狠的殺意。

但，野玫瑰完全無視於頭頂的危險，她的眼中只有自己的指尖，那朵微微顫動的淺藍色花朵。

然後，她感覺到背上一痛，那是連呼吸都暫停的劇痛。

手指頭，鬆了。

風信子，輕輕落在地上，再也無法飛翔了。

野玫瑰的眼睛，就這樣一直睜著。

睜著看到白骨精離開，看到三腳蟾蜍把昏迷的法咖啡架走。

此刻，野玫瑰體內最後一絲的靈力都已耗盡，可以說是已經接近死亡狀態，只要她一個「放棄」的念頭，就會化作道具，永遠脫離這個遊戲了。

她的眼睛卻始終是睜著，她還有願望沒有完成，所以還不死。

可是她很清楚，真氣渙散，化成道具，是遲早的事情。

是遲早的事情……

一直到，她忽然發現。

風信子，竟被一隻手給拾了起來。

那是一隻粗獷而充滿傷痕的大手，是屬於一個身經百戰男人的手。

野玫瑰認得這隻手。

「靈力已經耗盡，生命也即將結束，卻不願化成道具啊。」那男人聲音低沉，「跟唐老五一模一樣，難道妳還有什麼話想說嗎？」

野玫瑰無法說話，也無法動彈，她只能睜著眼睛，瞪著男人手上的風信子。

「風信子？這該是農夫特殊的傳信工具。」男人看著風信子，淺藍色的花瓣上，幾滴乾涸的血跡，顯得突兀。「所以……妳想用風信子，卻傳不出去？」

野玫瑰無法說話，只能用眼睛看著風信子。

看著風信子……

然後，她眼前的世界，忽然整個模糊而溼潤了起來。

因為，風信子那染血的花瓣，顫動兩下，像是螺旋槳張開，然後飛了起來。

是這男人對風信子灌入了靈力，讓它擁有了飛翔的能力。

「野玫瑰啊野玫瑰。」男人似乎在微笑，「讓我來幫妳實現這小小的願望吧。」

野玫瑰的眼前世界，一片模糊，她感覺到生命急速的流逝，隨著最後一個願望的達成。

——謝謝你，你果然是最令人敬佩的對手。

野玫瑰無法說話，眼睛慢慢闔上，嘴角溢出生命最後一個笑容。

——謝謝你，夜王。

南陽街的大樓上——

豔紅玫瑰的胸口前，突如其來的一朵風信子，帶著漂泊的嬌媚，映入了九指丐的眼中。

九指丐發出驚呼，「來了，竟然真的來了？」

幾乎是本能的，九指丐往後一跳！

只是，當他這隻殘缺的鐵腳才剛剛離地，地面上就瞬間竄出密密麻麻的劍蘭，像是劍山般，往上衝去。

劍蘭撞擊鐵腳，竟發出如金石相碰的尖銳摩擦聲，而這根鐵腳，更是被狠狠削去了半截。

「媽啊，如果我剛才慢跳一步，這隻腳掌不就被劍蘭刻了一個『慘』字？」九指丐一邊單腳往後跳，一邊嘖嘖怪叫。

「沒殺到你，果然有幾分能耐。」房間的暗處，傳來一聲簡潔的哼氣聲。「再來。」

指尖，顫抖起來。

只因為，她發現了一件不可思議的事。

這個拿著風信子的手動了。豔紅玫瑰的手動了？

在荊棘玫瑰腦海一片混亂之際，她的眼睛卻又捕捉到令一個讓她錯愕的訊息。
豔紅玫瑰的手，究竟是什麼時候，缺了一根小指？
難道……
「媽的，九指丐！你還沒死！」這一剎那，荊棘玫瑰催動了生平最大的靈力，渾身爆發出驚人的植物能量，試圖在這一瞬間扭轉戰局。
但，她的胸口命脈，已經被一隻骯髒的大手給按住了。
這隻骯髒的大手，還有一個更髒亂的主人，九指丐本尊。
「荊棘玫瑰啊。」九指丐冷笑，「妳以為，為什麼夜王老大敢派我來替他攻打薔薇團？」
「為什麼……」
「因為，我夠壞。」九指丐的臉上，又出現了那專屬黑榜妖怪的陰冷殺意。「我壞到連妳好友的屍體，都可以拿來使詐。」
「你……」
「妳三妹死前要求一個願望，希望面容朝上而死。」九指丐笑，「為了表示公平，妳也來一個願望吧。」
「……」只是九指丐的這個問題卻石沉大海，荊棘玫瑰沒有答話，只是揚起頭，呆呆的看著窗戶外頭，那片星光飄搖的夜空。

「怎麼?不說，時間可是不等人的。」九指丐左手微微使勁，用靈力壓迫住荊棘玫瑰的胸膛，以防她趁機反擊。「更何況，我也不是黑榜上的頭號笨蛋『紅心傑克』，因為話太多而被敵人給逆轉。」

「……」但荊棘玫瑰依然沒說話，只呆呆看著窗外。

「算了，那妳就領死吧……」

忽然，荊棘玫瑰開口了。

「風信子。」

「風信子?這是妳最後的願望?」九指丐摸了摸頭，「好怪的願望。」

「窗外，飄來的，」荊棘玫瑰的聲音，哽咽了。「那是風信子……是風信子……」

「窗外飄來風信子?」九指丐詫異往窗外一看，遠處果然飄來一朵細小的藍色小花。只是，當九指丐再回頭看向荊棘玫瑰，另一個更詫異的東西，就這樣呈現在荊棘玫瑰的臉上。

那東西，是眼淚。

就在荊棘玫瑰的雙眼中。

這個剪著男生髮型，穿著帥氣的白色西裝，動作舉止都帶著瀟灑的中性美女，竟然，在哭?

「喂，妳……」九指丐詫異的說。「沒必要哭吧，我……我這樣不算欺負妳吧?欺負美女會被讀者怨恨，不要害我……」

「誰管是不是你欺負我，臭美，這是第四朵風信子，也是最後一朵風信子。」荊棘玫瑰閉上了眼睛，兩行眼淚就這樣沿著臉頰滑了下來。「更是我們家老大的風信子。」

「妳們家老大？野玫瑰？」九指丐喃喃自語。「她送來風信子？所以……」

此時，那微小的風信子飛入了窗內，輕輕一顫，就停在荊棘玫瑰伸出的細緻食指上。

只是，近距離一看，卻發現花瓣上的斑斑血跡，清楚可見。

由此可見，在送出這朵花的同時，野玫瑰是經歷了多慘烈的戰鬥。

「所以，我家老大……也身受重傷了！」荊棘玫瑰深深吸了一口氣，聲音哽咽。「但，她依然沒有忘記我們。」

「嗯。」

「既然如此。」荊棘玫瑰說，「那請接受我最後一個願望。」

「說吧。」

「我死後，請把這四朵風信子，一起葬在土壤裡。」

「嗯……」九指丐想了一下。「好吧，這願望不難，我幫妳。」

「謝謝，遊俠團的朋友……」荊棘玫瑰哽咽，「謝謝。」

荊棘玫瑰說完這兩個字之後，突然笑了。

然後她閉上眼睛，張開雙手，彷彿在天空中展翅翱翔的天使。

「野玫瑰、粉紅玫瑰、豔紅玫瑰，還有小三。」荊棘玫瑰滿足的笑著，「我終於也要離開這個地獄遊戲了。」

「喂！」九指丐發現了異狀，正要開口，卻像是警覺到什麼似的，急速抽回了原本按住荊棘玫瑰胸口的那隻手！

因為，荊棘玫瑰的最後一句話才剛說完，刷的一聲，她身體爆出了七、八十株的劍蘭利葉。

鮮血，就這樣一滴一滴沿著劍蘭，慢慢落下，在地上滴成了一片湛紅的汪洋。

「唉。」九指丐摸著自己的手掌，嘆氣。「妳選擇自我了斷啊？」

荊棘玫瑰倒下的同時，她的手心也同時慢慢的張開了。

宛如電影中的慢動作播放，荊棘玫瑰的掌心飄出了一朵風信子，跟著又一朵，第三朵……一直到第四朵，這是來自於野玫瑰，飄然的染血花瓣隨風起舞，象徵著四個人的到齊。

四朵風信子隨著風，在空中盤旋搖動著，遲遲不隨風而去。

風信子似乎有靈，不肯捨荊棘玫瑰的離去。

「如見風信子，生死都相聚。」荊棘玫瑰倒在地上，嘴角是最後一點笑意，「四朵風信子，最後還是到齊了，真好，真好……」

九指丐凝視著眼前倒地的荊棘玫瑰，發出燦爛的綠光後，變成一攤道具，他卻沒有像以前一樣去撲搶道具。

直到，九指丐的背後，一個黑影動了動，冒出了一個滿臉髒污的少年臉龐，他是九指丐的丐幫手下之一——小八，身負八袋，也是當初慘敗給夜王的偷襲者之一。

「九老大，幹嘛不拿道具？你不拿，我可要拿了。」

「你拿啊。」九指丐說。

「喔？」小八往前一衝，舔了舔舌頭。「老大這可是你說的，那我把最好的道具給挑走啦，喔喔喔，農夫的超級道具之『超營養番茄汁』？這可是補血聖品！還有『恆溫恆溼恆白斗笠』一頂，喔喔喔，等等，這不是今年度最流行的『爆乳蓑衣』一件！」

「……」

「九老大，您真的不拿？」小八像是突然想到似的，帶著歉疚的表情，回頭看向九指丐。

九指丐沒說話，搖了搖頭。

他只是將手心朝上，潛運內力，將那四朵飄揚在空中的風信子，輕巧的吸入了掌心。

「咦？」小八問，「那四朵風信子是？」

「是約定。」九指丐轉身走去，半瘸的腳在地上發出清脆的響聲。「我還有一個朋友的約定要履行。」

「約定？」小八露出疑惑的表情。「老大你別逗了，你哪來的朋友？」

「……」九指丐頭也不回的往前走著，聲音堅定。「一個剛剛才認識的朋友。」

一個來不及認識，卻值得認識的朋友。

她的名字，叫做荊棘玫瑰。

不過，在當時，無論是九指丐或是已經喪命的荊棘玫瑰，都沒有想到，當四朵象徵友情的風信子一起埋入土中之時，會發生一件令人錯愕又迷惑的事件。

這事件，看似令人費解，卻牽連甚遠。

甚至，牽連到整個地獄遊戲之後的命運。

第二章《新竹殺局》

新竹市。

天色昏黃，天邊一片紫亮彩霞，景致雖然迷人，卻隱含著動人心魄的極致殺意。

殺氣。

一股強悍殺氣，正凝聚在地面上，兩個互相瞪視的人身上。

這兩人同樣魁梧而高大，同樣神威凜凜，雙眼迸發著濃烈的戰鬥氣息。

一方，是一身七彩盔甲，儀態優雅，鳥頭人身的高貴戰士，孔雀王。

一方，是渾身擁有粗大狼毛，肌肉壯碩，衣衫破爛的豪氣英雄，狼人T。

兩大王者碰頭，註定是一場精采絕倫的戰鬥。

「沒有翅膀，飛不起來的孔雀，還叫做孔雀嗎？」狼人T伸出舌頭，摩挲著自己的爪子。

「或者，該稱你為『雞』？」

「你說什麼？」孔雀王貴為印度的主神之一，哪裡聽過這麼諷刺的言語，他額頭青筋暴露。「你這頭什麼都不是的，笨狗！」

「狗？」狼人T眼中閃過一絲怒意，隨即，嘴角揚起。「那就讓你瞧瞧，在這個雙腳立足的大地上，『雞』如何成為『狗』的獵物吧？」

「是嗎？」孔雀王冷笑，他的手心朝上，凝聚靈力，一把七彩長槍頓時成形。

這長槍，正是剛才差點擊殺貓女的法術。

「我倒想知道，被稱為冬天補中聖品的『香肉』，是什麼樣的滋味呢！」

說完，孔雀王的長槍射出，長槍尾巴甩出七彩光芒，直射向狼人T。

狼人T冷哼一聲，伸出爪子，就要把這把長槍拍掉。

對他來說，這種速度和勁道的飛槍，簡直就像是小孩的玩具。

「哈哈哈，你以為，我的長槍這麼容易擋掉？你以為，貓女為什麼會選擇吞掉我的長槍，而不是拍掉它？」

為什麼？

當狼人T一愣，是啊，為什麼？

可惜，等狼人T想到，確實已經慢了一步。

當牠的爪子碰到長槍那瞬間，牠見到了七彩的火花，從槍頭燃燒開來。

狼人T眼睛大睜，嘴裡吐出四個無聲的字。「靠，是炸彈。」

這把長槍，竟然是一個觸碰式的炸彈！

長槍瞬間爆開，七彩的爆風，把狼人T給捲了進去。

炸彈聲音隆隆，卻掩不住孔雀王不絕的笑聲，「哈哈哈，等會，就有香噴噴的香肉可以吃了，可以……咦？」

這聲「咦」，來自孔雀王眼中閃過的灰影，他忍不住伸手揉了揉眼睛，為什麼爆炸中，會有灰影閃過？

是視覺暫留造成的殘影？還是他剛才因為貓女過度消耗靈力後，產生過度疲倦的現象？抑或……

抑或……

「抑或，」爆炸光中，一個渾厚沙啞的嗓音響起。「這小炸彈，根本炸不到我狼人T？」

聽到這聲音，孔雀王渾身一陣冰冷，猛然抬起頭。

他看著這道灰影，有如君臨天下的王者，正恰恰好在他的頭上。

「寶貝。」灰影笑了。「抓到你了。」

然後，空氣中兩道凌厲白光交叉落下，灰影的兩道狼牙，正對著孔雀王的頭頂，狠狠地咬了下來。

「吼！」孔雀王發出怒意的咆哮，他舉起左手，硬是護住了頭顱，而狼人T的利牙也不轉向，直直的插落，只聽見兩聲清脆的崩裂聲，利齒已經穿過左手護甲，釘入孔雀王的血肉之中。

接著，一聲沉悶的破碎聲，這兩根狼牙竟然穿入了孔雀王的臂骨裡頭。人體最堅硬的骨骼，臂骨，竟然就在狼牙下如餅乾般粉碎。

「沒翅膀的孔雀雖然醜了點，肉倒挺香。」狼人T笑道。

孔雀王睜著眼睛，看著自己的左手被狼人T一口咬透，一股無與倫比的怒氣，從他的胸口湧了出來。

「你，你，你這個卑賤的種族。」孔雀王氣到聲音尖銳。「竟然敢傷我？！」

「傷你又怎麼樣？」狼人T的狼齒再用力，孔雀王左手鮮血汩汩湧出，「我媽告訴我不要挑食，沒翅膀的雞，我也會吃的。」

「可惡！」孔雀王用力尖叫，然後右手高舉，斬向狼人T的脖子。

噗的一聲，孔雀王只覺得自己的手臂像是撞到了一根鐵柱，又痛又麻，狼人T的脖子肌肉，竟然如此強壯。

「孔雀王啊，原來你的近身肉搏能力如此差勁。」狼人T笑，「這樣的距離，你不只是雞而已，還是一隻標準的『肉雞』啊。」

「可惡。」孔雀王大怒，他的右手再度高舉，一股凜然的靈力在掌心凝聚。

「沒用的。」狼人T笑道，「你使用長槍爆炸會傷到自己，而你本身的力量又如此不足，現在的你，只能任我宰割罷了。」

「是嗎?」孔雀王一咬牙，這次，他的手卻在斬向狼人T的半途，硬生生轉半圈。轉到了自己的手臂上。

「你……」狼人T還來不及驚愕。

卡的一聲，孔雀王的右手就剁上了自己的左手上臂，骨肉瞬間分崩離析，整隻左手硬生生被扯了下來。

如此壯士斷腕的決心，連狼人T都愕然，孔雀王竟然為了逃出自己的牙齒的選擇斷臂?是因為孔雀王本身的豪壯?還是……

他有非隔開狼人T不可的理由?

「啊?」狼人T的雙牙還咬著孔雀王的左臂，卻看著孔雀王的身影，離自己越來越遠……越來越遠……

一股強烈的危機感，瞬間湧上了狼人T的心頭。

孔雀王，到底要做什麼?

為什麼要斬斷手臂，要逼開狼人T?

「我的左手啊!應承我的力量!」孔雀王面目猙獰，指著自己剛剛斷裂的左手，發出尖叫。

「爆・炸・吧!」

左手？爆炸？

狼人T忽然想到，孔雀王的左手，不正就在自己的嘴巴裡面嗎？

換句話說，自己的嘴巴中，正叼著一根即將要爆炸的炸彈？

可是，狼人T已經來不及反應了，一股滾燙的灼熱感，兵分兩路，一路從齒間迸發，沿著舌尖衝入咽喉之中。

一路熱風化作一道殺人的火泉，從狼人T的嘴中，仰頭噴發了出來。

就在狼人T和孔雀激戰的同時，另一頭的戰爭，也同樣如火如荼的進行著。

決戰的地點，是新竹的市中心，距離火車站只有五分鐘路途的新竹地標。東門圓環。

這個座落在新竹城的最重要古蹟，建於清朝年間。在當時新竹市仍是一座城池，北連艋甲，西繫南寮港，把守狹長的竹塹地形，無疑的是兵家必爭之地。

其中這東門古名「迎曦」，取的是日出東方的典故，是竹塹城門中僅存的一門，無論是地理或是軍事地位，都是台灣的珍貴資產。

在這裡，少年H對上了來自印度的猿神哈奴曼。

有名的新竹風，鼓動了兩人的衣衫，他們分別站在東門城下的兩邊，遙遙相望。

之前短暫的交手中，哈奴曼被少年H的太極陣所誘騙，一身千變萬化的法術不但沒有傷到敵人，還讓自己的夥伴孔雀王，折損了最重要的一對翅膀。

簡單的過招，讓哈奴曼不得不重新評估少年H的實力。

這少年模樣的高手，究竟還隱藏多少實力？為什麼能夠成為濕婆大神最忌憚的人之一？為什麼？

「哈奴曼。」少年H一臉輕鬆。「你如果不打過來，那我就要攻過去囉。」

「哼！什麼我不攻？」哈奴曼抓了抓脖子的猴毛，「想太多！」

說完，哈奴曼順手拔下一撮猴毛，放在嘴邊用力吹開。

成千上萬的小猴，也跟著這股風，瘋狂的散了開來。

「以一化千。」少年H看得興趣盎然。「好法術。」

「哼，這次不會讓你再得逞了。」哈奴曼惡狠狠的瞪著少年H，張嘴露出銳利的猴牙。

「這可不一定。」少年H卻依然微笑，輕輕的搖了搖頭。「搞不好你誠意太夠，願意再讓我一次，也說不定啊。」

但是，嘴上雖然說得一派輕鬆，少年H卻慢慢蹲下，直到右手按到地上為止。

「我這道士又要畫符囉。」

然後，少年H手指輕動，在地上寫了第一個字。

【臨】

哈奴曼看見少年H動作有異，皺起了眉頭。「所有小猴聽命，給我攻擊！不要給敵人任何反擊的機會。」

千萬隻小猴子們，同時嘶吼起來，尖銳吵雜的聲音，讓人耳膜一陣劇痛。

【兵】

少年H深陷這片魔音之海，卻絲毫不為所動，手指再度顫動，寫下了第二個字。

「上！」哈奴曼手指往前一比。

「嘎嘎！嘎吼！」在空中飛舞的小猴子們，同時露出猙獰的猴臉，千萬根獠牙，在陽光下閃爍成一片驚心動魄的凶光。

然後，小猴子們爭相朝著少年H衝去。

【鬥】

只見數千隻小猴子同時飛奔，翻爬過東門城，遙遙望去，整個東門城像是長滿棕毛的怪物，不斷蠕動，聲勢好不嚇人。

【者】

在如此危急的時刻，少年H微笑，重傷倚在牆邊的貓女。

「貓女，還記得嗎？我們第一次見面的時候。」

【皆】

「嗯。」貓女瞇起眼睛，甜甜的笑了。「我怎麼可能忘記，那列車上，可是我貓女有史以來最大的挫敗呢。」

【陣】

千萬猴子尖嘯聲中，展現利牙，互相堆疊，如同一道滾滾升起的巨浪，就在少年H的背後。

【列】

「呵呵，我有這個榮幸邀請妳嗎？」少年H無視背後的兇險巨浪，把手伸向了貓女。

「嗯。」貓女含羞的將手心，放入了少年H的掌心之中。

【在】

「最後一個字，讓妳來。」

「嗯。」

少年H握住貓女的手，寫下了最後一個字。

【前】

此刻，無數猴子所構成的驚人巨浪，也升到了最高點，高過東門城，不斷蠕動的猴子攀爬其上，既觸目又驚心。

只是，哈奴曼還沒來得及得意，眼前，這九個字位置所在，就這樣慢慢升起了一道火牆，火牆越升越高，越升越高……直到天空的最頂端。

遠遠看去，這團火牆就像一座正在噴發的千年火山。

如此驚人的火牆，不斷往上攀升，甚至高過了小猴子組成的棕色巨浪。

「為什麼？為什麼……」哈奴曼表情盡是驚恐，「為什麼你們剛剛才勉強接下孔雀王的長槍，還有這樣的力量？」

「其實我們得謝謝孔雀王，我們只是把貓女吃掉的靈力，給吐出來而已。」少年H輕鬆的聲音，從火牆的另一頭傳了過來。「免得貓女消化不良。」

「……」

「不懂嗎？」少年H聲音輕鬆，「沒關係，當年狼人T也不懂，只要看了就會明白了。」

「為什麼你們……」

「這是一個回憶。」少年H和貓女相視一笑，「一個在地獄列車上，我們的共同回憶。」

然後，只聽到少年H和貓女同時朗聲喊道。

【臨兵鬥者皆陣列在前】

聲音剛落，這道高大驚人的火牆，就這樣垮的一聲，帶著無與倫比兇猛的氣勢，崩塌了下來……

洶湧無盡的火焰，就這樣從天空中一湧而下，化成了驚濤駭浪，千萬隻小猴子就算再可怕，也在這片火海中，瞬間滅頂，連一根猴毛都沒有剩下了。

而新竹市的另外一頭，兩個強者的激戰也進到最高潮。

孔雀王灌注自己的靈力，讓自己的左手，成為狼人T嘴裡的超危險爆彈。

「你不是很快嘛。」孔雀王仰頭大笑，「哈哈哈，看你能否快過自己嘴巴裡面的炸彈！」

狼人T不斷往後跌去，嘴裡炙熱的火焰不斷閃爍，閃爍，眼看就要化成吞噬一切的刺眼白光。

將自己整個燃燒殆盡。

「可惡。」狼人T在零點零零一秒的時間，腦海真真正正閃過一個死字。

如果，在這裡死了，是不是就能見到西兒了？

狼人T只覺得嘴巴中的熱氣越來越強，來自口中的死神，就要爆口而出，卻在這一片意識朦朧中……

狼人T聽到了一個聲音。

「問世間，情為何物啊……」這是一個年輕的男子聲音，語調輕浮，「直教人生死相許，不是嗎？」

然後，時空陡然逆轉，狼人T發現自己又回到倫敦鐘樓上，眼前一名有著熟悉微笑的女子，正看著自己。

她，有一點點男孩子氣，一點點粗魯莽撞，還有，一點點讓狼人T感動的溫柔和幸福。

——西兒，是妳嗎？妳來見我了嗎？

「嘻嘻，笨T。」那女孩人影，雙腳在鐘樓邊緣凌空擺動，露出小女孩的笑容。

「西兒，是妳？真的是妳？」

「不是我是誰啊？」西兒笑著，用手捏住了狼人T大大的鼻子，「我不在的時間，你有沒有不乖？有沒有偷看其他女生？」

「沒有，沒有。」狼人T急忙辯解。

「可是，我覺得那個貓女啊，還蠻漂亮的，你沒對她動心嗎？」

「沒有，沒有。」

「那個吸血鬼女也很有魅力，你沒對她動心？」

「沒有，我沒有。」狼人T只覺得自己的脖子以上全部都漲紅了。「西兒，相信我，你要相信我。」

「嘻嘻。」西兒放開了狼人T的鼻子，然後，把自己的額頭貼近狼人T的胸膛，「我相信你，我當然相信你啊，不然怎麼會把心臟給你呢?笨T，可是……」

「可是?」

西兒把頭深深埋進狼人T毛茸茸的胸膛裡頭，傾聽著狼人T厚重的心跳……「可是，你願意相信我嗎?」

「啊?」

「你，願意相信我嗎?」西兒的聲音從狼人T的胸口深處傳了出來，就好像是狼人T自己的心臟在說話似的。

「我……當然相信!」

「我相信你，所以把自己的心臟給了你。」西兒聲音來自狼人T的胸口，若有似無。「你如果相信我，就相信我給你的這顆心臟，好嗎?」

——相信這顆心臟，好嗎?

相信，我給你的這顆心臟。

它，擁有超絕的力量，擁有逆轉戰局的力量！

這剎那，狼人T原本渙散的瞳孔，瞬間聚焦起來。

只是零點零零一秒的時間，狼人T發出怒吼，同時間，把自己的嘴張開，任憑這顆炸彈從嘴中滑落。

炸彈閃爍，閃爍閃爍。

閃爍到了狼人T的胸口。

正好是心臟的位置。

「我相信妳。」狼人T微笑，閉上了眼睛，然後挺起自己的胸膛，去迎向這顆炸彈。「一直都相信，一直……」

炸彈，終於停止了閃爍。

然後，從表面裂開了一條白光，白光越來越大……越來越大……

越來越，大！

大！

白色的爆光，像是瘋狂的海嘯，把所有建築物都同時淹沒，什麼都看不見了。

孔雀王轉身離開，背後如同海嘯般的熱浪，照耀了半個新竹天空。

但是，孔雀王卻沒有回頭。

他不需要回頭，因為他知道，這顆左手形成的炸彈，已經讓他放盡了全身的靈力。全身的靈力，連一座泰姬瑪哈陵都可以炸成粉碎了，更何況這一隻長毛小狼。

「一頭笨狼。」孔雀王揮了揮飄下來的灰塵。「竟然花了我這麼多力氣，不過，總算是幹掉了。」

灰塵還在落下。

「接下來，就看看哈奴曼對那個欠揍的太極小子了。」孔雀王又揮了揮眼前的灰塵。「奇怪，這個叫做新竹的城市，究竟是怎麼回事？怎麼灰塵這麼多？」

灰塵依然落下。

這次，他不但沒有把灰塵給撣去，還讓一根輕盈細小的毛髮，落在自己的眉間。

「這是什麼啊？」孔雀王不耐煩的往頭上一抓，抓下了那根細小的毛髮。

只是，這毛髮有些奇怪。

粗得過頭，簡直不像是人類毛髮該有的尺寸。

「這是什麼啊？難道是狼人T身體被炸碎後飛出來的毛嗎？」孔雀王皺眉，「不過，顏色好像不對勒。」

顏色，的確不對勁啊。

狼人T一身棕黑色的長毛，正是他穿梭黑夜和暗巷的天然斗篷，更是他橫霸倫敦的無敵標誌。

但是，這根毛，卻是白色的。

很深很深的白色中，摻雜著幾絲優雅的灰色，是一種讓人莫名感傷的滄桑灰白。

正如同痛失摯愛後，「一夜白頭」的那種「白」。

「哼。」孔雀王感到內心莫名一陣悸動，順手把這根白毛一扔。「這是什麼鬼毛，竟然只看一眼，就這麼讓人難過！」

孔雀王收斂心神，繼續往前走，他記得哈奴曼和少年H作戰的地方，是一座叫做迎曦城的地方。

可是，孔雀王才走了幾步，他的眉間，卻又是一根長毛，遮住了視線。

「怎麼搞的啊！」孔雀王揮開長毛之後，正準備怒罵，他卻忽然噤聲了。

因為，這次除了白色長毛之外。

還多了一個呼吸聲。

濃濁的呼吸聲，在孔雀王的背後，規律的起伏著。

「是誰！？」孔雀王一怒轉身。

卻發現，他的背後竟然什麼都沒有！

一片廢墟的火車站，哪裡還有半個生物的影子？

但，這道濃濁呼吸聲，卻又在他背後響起。

「是誰？是誰在搞鬼？」孔雀王再度轉身，依舊是一片被炸彈粉碎的荒蕪廢墟，哪來的人？哪來會發出呼吸聲的生物？

「搞鬼！」孔雀王眼中盡是血絲，「你他媽的有沒有搞錯？我是印度古神，你跟我搞這鬼玩意？」

呼吸聲，還在持續。

「給我出來！」孔雀王的手舉高，看不見的敵人讓他整個陷入歇斯底里。「給我出來！不然我要放炸彈，我要把你給炸出來！」

呼吸聲，終於停了。

取而代之的，卻是一個低沉滄桑的說話聲。

『你，炸不到我的。』

「你……你，你是狼人T？」孔雀王舉高了右手，聲音中難掩驚恐。「為什麼，為什麼我看不到你？」

『為什麼啊？三百年前，有個黑榜大妖叫做開膛手傑克，他橫行整個倫敦，專門突襲女性，卻從未有人能看到身影，只因為他擁有一種特殊能力。』

「特殊能力？」

『是的，一種可以在不同空間移動的能力，這能力不但讓獵鬼小組死了一名叫做微笑貓的大將，更讓聖女貞德以及羅賓漢J身受重傷，連對倫敦無比熟悉的我都差點喪命……只是，他後來卻死了。』

「死了？」

『是的，還是死在我的手上。』

「死在……你的手下？」孔雀王皺眉，「如果他能逃進另一個空間，這能力應該幾乎所向無敵，又怎麼會被你所殺？」

『很簡單，你可以猜猜。』

「哼。」

『答案，就和你為什麼看不到我一樣……』

「啊？」

『因為，』狼人T聲音從低沉轉為亢奮，那是一種肉食動物見到獵物的欣喜和冷酷。『我，親自追殺他到另一個空間，然後把他的頭顱給整個捏碎。』

「啊！」孔雀王悚然一驚，然後，他看見了一幕不可思議的畫面，他的臉前五公分處，陡然出現了一隻手。

「而你，孔雀王，很快就會知道，開膛手傑克在死前，是什麼樣的感覺了。」

那帶著雪白毛髮的銳利爪子，從另外一個空間，像是水影般慢慢浮現出來。

爪子像是死神的陰影，越來越靠近……然後，扣住了驚恐的孔雀王的臉。

此刻，孔雀王已經完全失去了抵抗能力，只能任憑這爪子開始用力，把自己最驕傲的鳥臉，逐漸壓扁！

「啊啊啊！啊啊啊！」孔雀王發出死亡的悲鳴，卻在此刻，他見到了眼前的男人，這個披著長髮的男人，他的眼睛卻讓孔雀王噤了聲。

為什麼，這男人的眼神這麼悲傷？為什麼強悍如斯的男人，會有這樣絕情哀痛的眼睛？而這樣的眼睛，又為什麼，這樣的美……

「你的眼神，既然變得如此強橫，又何必如此悲傷呢？」孔雀王不顧死亡的降臨，乾啞困惑的問。

「因為一種情感。」狼人T苦笑。

「情感？」

「因為，愛。」

「因為，愛？」孔雀王被擠壓的臉上，連疑惑都顯得扭曲。

「你愛過嗎？」

「沒……沒有……」

「所以，你不懂。」

「我不懂，所以我沒辦法像你這樣強嗎？」

「哈。」

忽然，孔雀王覺得臉上巨大的壓力驟降，狼人T的那隻爪子，竟然鬆開了。

「啊？」孔雀王跌坐在地上，臉上的骨頭雖然已經被狼人T的爪子壓凹，卻不傷及性命。

孔雀王仰起頭，困惑。「為什麼不殺我？」

「因為你不懂，愛是可以讓人強得超乎極限，卻也可以讓人悲傷得無以復加。」狼人T整個身體都從異空間顯現出來，一身白毛隨風飄揚，豪帥的背後卻藏著令人心碎的悲傷。「所以，有一天你懂了……我們再來真真正正打一場吧。」

「嗯……愛情嗎？」孔雀王低下頭，身為印度專司戰鬥的古神來說，「愛情」這兩個字對他來說，遙遠得好縹緲。

但，見到狼人T這副模樣，孔雀王內心卻似乎被隱隱觸動了。

愛情，當真是如此奇異的東西嗎？

能讓人強得超乎極限，卻又讓人悲傷得無以復加，該是一種什麼樣的東西？

我該去追逐嗎……應該嗎？

只是，奇怪的是，當孔雀王抬起頭，他卻看到眼前這尊如滄桑戰神般的男人狼人T，凝著身體，動也不動。

他身體昂藏，雪色長毛隨風飄動，眼睛卻緩緩閉上了。

「要喚醒我心臟內的靈力，喚醒我對西兒的記憶，絕對不是一件容易的事情，不然，也不會過了數百年，都無法再現白狼化……」狼人T聲音低沉。「是嗎？那位『問世間情是何物』的朋友，既然都出手了，還不露面嗎？」

既然都出手了，還不露面嗎？

「那位朋友，既然都來了，還不出現？」狼人T這句話，與其說是邀請，更接近充滿霸氣的威脅。

因為，狼人T深知，這個人如果不是強力的後援，那絕對是一個非常恐怖的敵人。

「嘻嘻，」廢墟中，傳來一個很輕的笑聲。「果然啊果然，難怪人家總說，蒙面的總是比較厲害，換白毛果然整個人都敏銳起來了啊。」

「好說。」狼人T右手握拳，一種接近動物直覺似的戰慄，竟然讓他背上白毛，一根一根如鐵針般豎起。

來者，究竟是何人？

這樣的壓迫感，完全不下於埃及瘋狂戰神——賽特！

然後，趴搭趴搭的拖鞋聲響起，一個和賽特氣質截然不同的男子，從廢墟中緩緩現身。

「嗨。」一雙小眼睛瞇成縫隙，頭髮是染過了的凌亂金色，身上寬大的T恤、短褲頭，還有一雙髒舊的藍白拖鞋。

「你是誰？」狼人T右拳握得更緊了。

「我是誰？」來人抓了抓頭髮。「嘻嘻，我是負責掌吃仙草蜜……不不，我是負責管理土地的小神啦。」

「土地的小神？」

來人細長眼睛瞇起，滿臉笑意。「我是，土地公啊！」

東門城外——

少年H一招大破哈奴曼，贏了漂亮的一局，此刻的他，正好整以暇的倚在東門城上，看著狼狽的哈奴曼。

哈奴曼，縱有傳自濕婆的強橫靈力，卻在剛才損失慘重。

千萬小猴子，被瞬間秒殺，是何等殘酷之事！

「你究竟是誰？」哈奴曼齜牙咧嘴，「為什麼會擁有這麼強的力量？」

「剛才的法術叫做臨兵鬥者皆陣列在前，是一種法術的媒介，我沒有這麼強大的法力，但是別忘了，貓女剛剛才吃掉了一整根孔雀長槍，我只是將那把槍的力量，轉化成另一種形態而已，懂嗎？」少年H說。

「媒介……？」哈奴曼陷入沉思。

「一如我的太極拳法，講究的不是以強破強，而是以弱擊強。」少年H微笑，「簡單來說，就是巧勁啦。」

「嗯……巧勁？」哈奴曼搔了搔頭，還是一副摸不著頭緒的模樣。

「別想了別想了，你再想下去，會像小龐一樣，這樣想頭腦會燒掉的。」少年H微笑。

「小龐？」

「嘻嘻，印度的電視大概沒有日本節目，那是一隻猩猩和狗的故事。」少年H揮了揮手，咧嘴笑了。「我也是和日本鬼打過交道之後，才開始接觸日本片的，不過，既然你累了，就該我出招了。」

「換你？」哈奴曼露出輕蔑的笑容。「你以為你的武術對我有用嗎？我老實告訴你，你畢竟只是一介凡夫，再怎麼厲害，也只是會閃躲而已，沒辦法傷害到我的。」

「是的，我畢竟只是一個凡人，要和印度孫悟空之稱的印度古神打架，的確是不夠格。」

少年H依然笑著，「但是，凡人有凡人的辦法。」

「哼，凡人有凡人的辦法？」哈奴曼露出尖銳的猴牙，得意的大笑。「我告訴你，變出小猴子只是我七十二種法術中的一種，我還有七十一種……」

「你也有七十二變？那太好了，你跟孫悟空可真像！」少年H用力擊掌。

「孫悟空？那也是小龐嗎？」哈奴曼皺眉。

「也算是。」少年H點頭，「但是，有點不一樣，孫悟空是中國的猴子。」

「喔？」

「因為你和孫悟空像，所以，你肯定會喜歡這調調。」

「什麼？」

只見，少年H叫出了士人的法術書，好久不見的藍色書皮，閃耀著智慧的藍寶石光芒。

「法術書？」哈奴曼冷哼。「你用遊戲中的小法術，要對付我？我可是濕婆大神四大刺客之一……」

「嘻嘻，是嗎？」只見少年H的法術書闔上，吐出了一個玩具嘴巴。

這玩具嘴巴有著雙唇和牙齒，做得是栩栩如生。

「這，這是什麼？」

「說來話長，這是以前曾經出現過的道具，『三姑六婆』的姐妹品。」少年H說，「簡單來說，這是一種士人的道具，更是每一個當上士人，都曾經經歷過的惡夢道具。」

「咦？惡夢道具。」

「是。」少年H笑，「它名字叫做：『媽媽的苦口婆心』。」

「哈哈，好笨的名字。」哈奴曼一聽，大笑起來。

「可以盡量笑沒關係。」少年H把手上道具放好，然後默默的拿出了兩副耳塞，一副給了貓女，一副自己戴上。「如果你真的像極了孫悟空。那你一定會愛死這道具。」

「什麼……什麼？」哈奴曼愣愣的看著少年H的動作。

然後，少年H把手上的道具往前一丟，口中大嚷。

「像唐僧一樣嘮叨吧！媽媽的苦口婆心！」

這奇怪的嘴巴玩具就從地上蹦了起來。

玩具嘴巴張開，一連串無形的聲音化成了有形的奪命符咒，緩緩飄向了滿臉錯愕的哈奴曼。

當符咒鑽進了哈奴曼的耳中，他才驚覺，原來這些符咒竟然是……

「孩子啊媽媽辛辛苦苦把屎把尿把你養大就是要你好好唸書將來當一個有用的人你看看隔壁的王媽媽的小孩這次月考考了全班前三名你看看你竟然是全班倒數第三名想想看你媽媽和爸爸年輕的時候隨便都考班上第一名你羞不羞恥啊還有為了現在所謂的『金錢教改』媽媽辛苦的送你上鋼琴課小提琴課畫畫課還有打棒球和跑步讓那個老師每天都躺著賺錢就是希望你將來能夠稍微成材一點啊孩子結果你還是考倒數第三名怎麼對得起我們的栽培啊怎麼對得起我們的栽培啊！」

只見那玩具嘴巴說話就像是連珠炮，不，是比連珠炮都還要兇猛的機關槍，一瞬間打出了整整十分鐘的話。

而這道具之所以取名為『媽媽的苦口婆心』，就是為了紀念每個將來會成為「士人」的偉

地獄浩劫

大小孩，背後那個從未停止囉唆的偉大母親。

「等等！」哈奴曼發出尖叫，雙手抱住頭，不斷往後翻滾逃竄。「別說了！別說了啊！」

「嘻嘻，你果然很像孫悟空。」少年H笑，「當年他大鬧天宮，打遍中國群妖群魔，肆無忌憚橫行霸道，獨怕一樣東西，那就是唐僧的在耳邊『碎碎唸』啊。」

「孩子啊你怎麼又胖了我不是叫你要運動嗎就算不運動來幫媽媽拖地板洗碗盤也好啊書唸不好又長得胖將來怎麼交得到女朋友你會害我沒有孫子可以抱你知不知道什麼你說我也不運動猴死小孩我是你娘欸你今天晚上沒飯吃了等你做完這四本參考書才能吃飯懂嗎還有不准偷偷看電視Wii也沒什麼好玩的下次的考試一定要考贏那討厭的王媽媽的小孩你爸爸的薪水輸給王爸爸已經很可恥了媽媽把希望全部都放在你身上了！」

「不要！不要再說了！」哈奴曼跪在地上，滿頭冷汗，「這是什麼鬼道具，救救我……救救我……」

「真抱歉，這道具一旦啟動，」少年H忍不住露出同情的表情，「你不乖乖唸書，它是不會停止的……」

「救我！」哈奴曼忽然站起來，雙手覆耳，仰臉向天，渾身抖動，「救救我！救救我啊！」

「求救，大概也沒用吧，不然歷史上不會出現這麼多發瘋的小孩了。」少年H搖頭轉身，緩緩步向躺在一旁的貓女。

大勢已定，空氣中，迴盪著哈奴曼悲鳴的聲音，以及永無止境的『媽媽苦口婆心』。

「H小子。」貓女仰起頭，幾絲黑色長髮擋住了半邊臉。烏絲的長髮背後，是一個真心的笑容。「你來了，你終於來了。」

「是的，」少年H走著，瀟灑的笑容揚起。「我來了，我終於來了。」

看著少年H陽光的笑容。

貓女的眼睛中，竟然莫名的溼潤起來。

「為了等你，我可是先打敗了織田信長大軍，又陪著狼人T闖過八陣圖，更看見了哥哥賽特……」貓女的笑容依舊，眼中卻是淚光顫動。「我終於等到你了。」

「嗯。」

「你知道嗎？當濕婆親自駕臨，我突然好怕自己再也見不到你了。」貓女眼中的淚光抖動。

「不會的。」少年H臉上依然是微笑，微微彎腰，用手指頭輕輕抹去貓女眼角的淚水。

「相信我，不會的。」

「嗯，我知道。」貓女充滿在眼淚中，再度笑了起來。「你知道我最後的願望是什麼嗎？」

「嗯……」

「我的願望，就是在最後一刻，能夠見到那個心上人，而你出現了，所以……」貓女微笑，「我的願望……」

可是，貓女這句話卻沒有說完，少年H忽然伸出了手指頭，按住了貓女水漾的雙唇。

「別說。」

「啊？」

「別說妳完成了最後願望。」少年H眉頭蹙起，輕聲的說。「別忘記地獄遊戲的禁忌啊。」

「嘻嘻，你看看我，一開心就全都忘記了。」貓女可愛的吐了吐舌頭。「地獄遊戲的離關規則，就是完成在地獄之門前，所許下的願望！」

「是啊。」少年H伸出了手，在貓女面前攤開了掌心，「那，我們走吧。」

貓女甜甜一笑，把細嫩的手心放在少年H身經百戰的手心上，一陣溫暖，直傳入貓女的胸膛。

「走吧。」

「走吧。」

貓女閉上了眼睛，少年H那聲「走吧」，宛如天籟般傳入了她的耳中，化作一陣暖流徜徉在胸口……

為了等這聲「走吧」，她究竟經過多少激戰？走過多少驚險歲月？等待了多少漫長時光？連她自己都不記得了。

但，這一切痛苦，似乎也不是那麼重要了……

「咦？」

當貓女沉浸在幸福之際，意外的，這一剎那，她卻感到少年H的掌心不對勁。

少年H的手心，微微的一緊。

貓是何等敏感的生物，這剎那，貓女仰起頭，看著少年H的臉龐。

往常輕鬆自在的笑容，不知道什麼時候，竟然變了。

眼神變得如利刃般銳利，嘴角變得如嚴冬般冰冷。

「怎麼了？H。」

「為什麼？」少年H聲音僵硬，「為什麼哈奴曼在痛苦的時候，是喊『救救我！』？」

「咦？」

「而不是喊『殺了我』？或是『放過我』？」

「咦？」

「他，究竟在跟什麼求救？」

「究竟……」

「哈奴曼是古印度的變化之神，地位尊崇法術超絕，還有什麼樣的怪物，夠格成為他哭著求救的對象？」

是什麼樣的恐怖厲害的怪物，正安靜的蜷伏在眾人的背後，準備對他伸出援手……？

少年H抿上嘴巴，慢慢回頭。

眼前的景象，讓少年H的眉頭更緊了。

不知道何時，跪在地上，飽受『媽媽的苦口婆心』魔音穿腦的哈奴曼，已經消失了。

消失了，不一定就代表死亡。

而是，回到了他出生的地方。

那個生出哈奴曼的神，濕婆。

「濕婆，你終於決定要親自出手了嗎？」少年H將身體轉回，正對眼前空蕩蕩的東門城，朗聲說道。

「呵呵。不好意思讓你失望了，我不是濕婆。」東門城的最上端，一個身軀壯碩的身影，背著月光面目模糊，宛如莊嚴的夜神。「少年H，你果然名不虛傳，但，憑你要讓濕婆大神親自出手，還不夠資格。」

「喔。」少年H注視著眼前的影子。

影子的臉上，有著一條不像人的長鼻子。

而影子臉的兩側，更多了兩扇不像人的大耳朵。

「在古印度神話中，是旅人和書籍的守護者，有著智慧大神尊稱的男人。」少年H再度笑了。「你果然也跟著濕婆來了。」

「是的。」那影子聲音莊嚴，凜然不可侵犯，如同萬神梵音。「敝人，正是象神。」

* * *

貓女睜著大眼睛，這次，她訝然發現，自己竟然完全、完全不能控制自己的恐懼。

就算剛才被哈奴曼和孔雀王聯手追殺，她也許喪失希望，也許驚惶失措，卻都沒有像此刻這樣恐懼。

為什麼？

是因為這象王實力強到天下無敵嗎？不。

是此刻的情勢比剛才更險惡嗎？不。

無敵大神濕婆親自出手了嗎？不。

但，貓女看見了，一個她幾乎未曾見過的，正在少年H的太陽穴上，緩緩聚集而成形。

那東西，從肉眼難辨的毛細孔中緩緩湧出，然後在柔軟的皮膚上滲開，最後，凝成了一顆不易察覺的透明水珠。

冷汗。

那是一滴，冷汗。

一滴，少年H臨敵前未曾出現的冷汗。

身經百戰從未氣餒，不斷突破自我極限的少年H，為什麼會冒冷汗，究竟是怎麼回事？

貓女感到無比驚慌，一種從未感受過的恐懼感籠罩全身，讓她渾身一陣一陣怪異的痲慄。

「這是什麼感覺？」貓女張著嘴巴，「到底什麼事情要發生了？到底……什麼觸動了我的第六感？」

女人與貓，擁有最準確第六感的兩種生物合成了貓女，而令她驚惶的第六感，究竟是什麼？

這個象神，究竟是什麼驚人怪物？

而少年H到底，在怕什麼？

在怕什麼？

第三章《尋她千百度》

台北城——

當阿努比斯踏進了北投溫泉區的小公寓中，映在他面前的，是薔薇法術和白骨肉搏後的殘破景象，以及在瓦礫堆中，僅存半口氣的野玫瑰。

「蹦、蹦、蹦……」阿努比斯的黑色大衣踏著厚重的步伐，來到野玫瑰的面前。

野玫瑰原本驕傲而美豔的臉龐，如今毫無血色，只剩下幾條交錯的血痕，落在臉頰和嘴邊。

「內訌嗎？」阿努比斯冷冷的看了野玫瑰一眼。

原本孤傲的他，既不打算落井下石的送野玫瑰上路，也不打算救活野玫瑰套問法咖啡的下落，他只打算讓野玫瑰躺在地上自求多福……

可是，偶然間的一個東西，卻讓阿努比斯完全改變了主意。

那東西，正是野玫瑰的眼睛……

那雙充滿了殷切渴望，卻又悲傷無奈的眼睛，正盯著地上那朵微黃的小花，風信子。

阿努比斯感到胸口微微一痛，因為野玫瑰這雙眼睛，讓他想起了一個人。

一個夥伴，一個重要無比的夥伴。

一個在醫院中力抗黑榜小丑，最後不幸罹難，卻依然守住了信物的那個男人。

Mr.唐。

「唐老五在死前，也是這樣看著我啊。」阿努比斯蹲下，輕輕拾起了那朵風信子。「野玫瑰，這朵風信子，也是妳夥伴和妳的信物嗎？」

野玫瑰沒有回答，她已經無法回答了。

唯一能代表她語言的，卻是眼眶中，正不斷積釀的淚水。

「嗯。」阿努比斯嘴角閃過一抹不易察覺的溫暖微笑。「既然這樣，我就送它一程吧。」

風信子的花瓣，輕輕搖動起來。

然後，承載阿努比斯的靈力，以及野玫瑰最後無比愧疚的心情，緩緩的飛翔起來。

——謝謝……

野玫瑰的眼前，早就是一片朦朧的眼淚。

——夜王，謝謝。

「也許妳想謝謝我，不過，沒什麼好謝的。」阿努比斯看著風信子飄走，他再度起身，將黑色帽子戴上，遮住了大半的臉龐。「我只是尊敬妳重視夥伴的心情罷了。」

——……

當風信子隨風飄走，阿努比斯回頭，卻發現野玫瑰笑了，而且身軀逐漸的透明起來。

「安心的去吧。」阿努比斯閉上眼睛，扶了扶帽簷，「回到現實世界吧，也許妳和妳的夥伴們，還能相聚也不一定。」

——夜王，謝謝。

看著野玫瑰身體慢慢透明，透明……最後只剩下地上一堆凌亂的道具。

阿努比斯輕輕呼出了一口氣，然後走出了北投公寓，外頭的天光已經逐漸明亮。

「法咖啡還是被帶走了。」阿努比斯嘴角揚起，一個不知道是憤怒還是喜悅的冷笑，「放心，我一定會把妳給找回來的。」

我一定把妳找回來。

這是身為老大的承諾。

法咖啡，等著我……

就在阿努比斯對野玫瑰伸出援手的同時……

北投捷運站旁，出現了兩個熟悉的身影，一個身影矮胖，皮膚佈滿肉瘤，渾身散發著濃臭的妖氣，另一個人則渾身裹在深色的斗篷中，卻在舉手投足間透出詭異的妖魅。

他們是整個綁架事件的主謀，更是一手害慘薔薇團的雙魔——三腳蟾蜍和白骨精。

如今，兩人雙雙逃出了北投公寓，總算躲過了阿努比斯致命的攻堅行動。

而在三腳蟾蜍的背上，一名短髮女子正昏迷著，她正是阿努比斯鍥而不捨的目標——法咖啡。

「你這隻笨蟾蜍，看看你幹了什麼好事！」白骨精聲音中難掩著抱怨。「說什麼阿努比斯絕對會中埋伏，死在我們手下，結果呢？現在變成我們落荒而逃？阿努比斯什麼時候會追來都不知道！」

「哼！女人家！」三腳蟾蜍的大鼻子噴出一口濁氣，「妳懂什麼！」

「什麼我懂什麼……」白骨精雙手插腰。

「真正的陷阱，才正要開始而已。」

「喔？」

三腳蟾蜍冷哼一聲，從口袋中掏出一支手機，上頭的釣飾「火影忍者的自來也」正搖晃著。

「我只要打了這通電話，我敢擔保，阿努比斯絕對活不過三天。」

「哼，最好是那麼神啦。」白骨精背過身子，「你的吹牛，我聽多了，我看你遲早會像青蛙一樣吹破肚皮。」

「我是蟾蜍，本來就和青蛙是遠親……」三腳蟾蜍自言自語的唸了一句，而他手機的通話鍵，也在此時被撥通了。

「喂。」手機那頭，傳來一個溫文儒雅的聲音。

「喂，你那裡是新竹黑榜……」三腳蟾蜍吞了一口口水，像是強壓住恐懼，「曹操陣營嗎？」

「沒錯，我是諸葛孔明。」對方聲音溫和而柔緩，有種讓人平靜的獨特力量。「你是三腳蟾蜍？」

「沒錯，不愧是大軍師，一聽就聽出了我的身分。」三腳蟾蜍嘿嘿兩聲，「我有件事要跟曹操老大拜託。」

「嗯，請說，我會轉達。」

「嘿嘿，黑榜上的老K織田信長已經出局，濕婆大神又太高不可攀，所以這件事只能拜託曹操老大了。」三腳蟾蜍恭敬的說，「我想以老大的名號，號召所有藏身在台北的黑榜妖怪們。」

「喔？」

「號召的內容是，帶著你們所有的武器，來台北城的陽明山！」

「嗯。」

「因為，我要坑殺一個人。」三腳蟾蜍聲音中透著兇狠。「代價就是，他的人頭，覺得值得黑榜有史以來最高賞金。」

「所以，你要殺的人是……」諸葛亮沉默了半晌，「阿努比斯？」

「賓果，不愧是大軍師！」

「嗯，台北陽明山，你為什麼有把握他一定會過去呢？」

「嘿嘿，因為我手上有他非來不可的誘餌。」

「誘餌？」

「正是。」

「不過，」諸葛亮在電話那頭微笑起來。「我猜，你還是殺不了阿努比斯的。」

「為……為什麼？」

「阿努比斯的力量接近神格，就算你擁有誘餌，只是單純黑榜的小妖魔的聚集，怎麼可能殺得了他？」諸葛亮的聲音微微停頓，「除非……」

「除非……？」三腳蟾蜍語氣惶急，「請軍師賜教！如果不殺掉阿努比斯……我們也會有生命危險啊。」

「呵呵，看來你手上的誘餌，雖然能引來阿努比斯，卻同時是一把危險的雙面刃。」諸葛亮說，「好吧，我就教你兩招。」

「請……請說！」

「第一招，去找黑榜上的鬼牌，小丑。」

「小丑？」

「他和阿努比斯是地獄列車的死敵，手上絕對握有超乎你們想像的資訊。」

「嗯。」

「第二招，你聽好了。」

「嗯。」

「記得利用高鐵。」諸葛亮的聲音，在電話那頭上揚了起來，這是想出絕頂計謀後的興奮。

「啊，高鐵？」

「沒錯，要殺阿努比斯，不一定要靠真刀真槍啊。」諸葛亮搖著手上的羽毛扇。「高鐵，就是我們最好的一把刀了，不是嗎？」

一方面，阿努比斯正一人走在往北投的捷運站，厚重的黑色軍靴踩著光可鑑人的樓梯。他皺起了眉頭。

因為，捷運站中所有的玩家，一見到他都露出敬畏而且害怕的表情，往旁邊讓開。

甚至，玩家間傳出了竊竊私語。

「他就是夜王嗎？」

「聽說他的夥伴法咖啡被抓了，他正要去救她？」

「真的欸，真的是夜王！」一名玩家緊張的從旁邊跑了過來，雙手遞出空白的作業紙。「夜王，我是你的粉絲，請幫我簽名。」

「遊俠團的夜王，他敢不敢單槍匹馬去斐尼斯王國救法咖啡啊？」另一個在北投市場賣紅茶的男人，從一旁遞過了一杯紅茶，「我姓蔡，請你喝，祝你順利成功。」

阿努比斯沒有理睬身旁這些竄出來的流言，他只是困惑著……為什麼，這些人會知道他的身分？為什麼這些人會知道這麼多？

直到，阿努比斯踩上最後一個台階，登上了捷運月台的最高處。

他忽然全部都明白了，明白為什麼會有這些流言了。

矗立在阿努比斯正前方的，是一幅兩層樓高的超巨大廣告看板。

而看板上，一串龍飛鳳舞的字，寫下令阿努比斯咬牙切齒的一段話……

「給遊俠團的夜王啊！
你親愛的法咖啡在我手上，你敢來台北陽明山上的野獸帝國斐尼斯嗎？
敢嗎？
我們，正在等你啊。
三腳蟾蜍等黑榜群妖們，敬上。」

「三腳蟾蜍啊。」阿努比斯怒極反笑，身上寬大的風衣，隨暴漲的靈氣激烈抖動著。「這次我不把你做成蟾蜍乾，我就不叫阿努比斯了。」

斐尼斯軍團，地處台北城的東北方，坐擁陽明山山脈的資源，形成一群在叢林中生存的野獸軍隊。

這群野獸軍隊，利用陽明山深處密佈的樹林，穿梭在杳無人跡的獸徑，對每個闖入的敵軍施展偷襲，屢次讓入侵的敵軍全軍覆沒，締造了台北城東方的斐尼斯傳說。

而這些關於斐尼斯的傳言，最讓玩家津津樂道的，莫過於團長斐尼斯的來歷了。除了神祕至極的天使團長，和佔領台北市的遊俠團長夜王之外，就數斐尼斯團長最具話題性了。

斐尼斯團長，遊戲代號就是「斐尼斯」。

他崛起於一場陽明山爭霸戰中，當時玩家們發現了陽明山這塊寶地，不但環境清幽，又有能療傷的溫泉，連泡妹專用的夜景都一應俱全。於是玩家和流浪狗們，紛紛群起往東方移動，形成一股空前的移民潮。

只是這群玩家，原本就是為了爭奪資源而來，自然而然的就爆發起了爭鬥。

一開始，只是零星的戰役，一些玩家互相在仰德大道以火球和殭屍互K，以植物和電鋸互揍，強弱易判，三兩下就結束了。

可是，沒想到，隨著越來越多玩家的湧入。

陽明山的戰火開始燎動起來。

玩家不能落單，一旦落單就會被偷襲，拖入叢林中，一陣哀號和樹葉騷動後，從此在遊戲名單中消失……

於是，玩家為求自保，紛紛開始組織團隊，少則三、四人，多則二、三十人，互利共生。

只是當戰鬥形態由個人步向了團體，於是，大規模的戰役就正式的爆發了。

原本兩、三分鐘就解決的格鬥，變成了一打就是數小時的攻防戰，最後甚至演變出以叢林為主的策略戰，其中混雜了偷襲、游擊、心理各種戰術……到了此刻，整片陽明山已經進入完全的戰國時期。

只是，當戰爭的時代來臨，也就是傳奇降生的時候了。

這位斐尼斯怪物的戰場傳奇，就這樣在整個遊戲界，蔓延開來。

夕陽下，一大片海芋隨風搖曳，一名農夫職業的老玩家，抽著菸，背著夕陽，對著一名神祕訪客，說起了這段關於斐尼斯的傳奇……

「斐尼斯啊，那個怪物，永遠只在沒有月光的夜晚出現，他左手總是提著大彎刀，右手也不忘提著一串圓形物體，後來我們才知道，那圓形物體是一個又一個人頭串起來的……這個怪物，只要一出現，毫無疑問就是死亡。」

老玩家又吸了一口菸，白濁的煙霧從他的嘴鼻間滲湧而出。

「他的出現，總是背著光，漆黑的身影站在高處，凝視著底下一群又一群的玩家。」

「然後，他笑了。深色的黑影中，只見到他的嘴巴咧成雪白的半弧，兩顆銳利的門牙特別清楚，接著……他忽然像是野獸一樣，高高躍上了天空，在天空那姿態……簡直就像是深夜中的地獄閻王親自降臨。」

「他只憑一個人，就滅掉了超過二十個人的團，接著，又滅了另外一個三十人的團，他的戰鬥模式毫無章法，偏偏下手兇殘，不留活口，讓整個陽明山玩家們，陷入一種極度的恐慌之中！」

「因為這樣人物的出現，讓原本混戰的陽明山玩家們，史無前例的團結起來，在當時，有一個聰明絕頂的玩家姓馬，是一個軍師型的玩家，他四處奔走連絡了當時所有的團隊，設計了一個局，引這隻怪物入局，然後所有陽明山的玩家，超過五百人的大軍對這頭怪物進行撲殺。」

「那真是地獄遊戲史上，最鬼哭神號的一場戰役。」老人吐出了一口煙，煙圈危顫顫的往上飄去。

「五百人在馬軍師的遙控下，分成三批對這頭怪物進行包圍，戰鬥圈從陽明山的山腳，往山頂收攏，最後終於將怪物逼上了陽明山的頂端，擎天崗。」

「那時候是最寒冷的一月天，擎天崗上又溼又冷，數百名玩家催動所有的法術，要宰殺被圍在中心的那隻羔羊……如果那真是一隻溫馴羔羊的話。」

「只是沒想到，當這位馬姓軍師下達最後攻擊命令，所有人掄起武器，要撲向這個兇殘怪物的瞬間，卻發生了一件事，讓全部的人都同時停住動作，手上的武器舉在半空中，遲遲不敢動作。」

「你要猜猜看，是哪件事嗎？」老人吞了一口煙，眼睛瞄向站在一旁的訪客。「這件事，正是締造了斐尼斯『怪物』傳說的起源啊。」

在一旁的訪客搖頭，「我不愛猜謎，也猜不到。」

「不猜看看？」

訪客依然搖頭。

「看樣子，這次我遇到一個特別不愛猜謎的人啊。」老人抓了抓充滿皺紋的臉龐，無奈苦笑。「這樣說故事的人，會覺得頗無趣呀。」

「那就別管我，故事請繼續。」訪客手一拍黑色大衣，做出一個邀請的動作。

「嘿，好吧。」老人繼續說道，「所有人動作停止的原因，在於眼前這個斐尼斯，他忽然說了一句話。」

「什麼話？」

『我，是誰？』

「啊。」訪客一愣，「原來，他不知道自己是誰？」

「是的，怪物不知道自己是誰。」老人嘿嘿兩聲，「但是，就在這一片刻的靜止，那怪物的刀，抬起來了。」

「……」

「然後，怪物笑了。」

「……」

「不知道我名字的人，都該斬。」

「嗯。」訪客皺眉，「這人也太霸道了。」

「一刀，就是一個玩家的頭，兩刀，就是兩個玩家的頭。每揮一下，天空中就會滾下一顆圓不呼溜的頭顱。」

「這人雖然霸道，刀法倒是挺好啊。」訪客思索著。

「豈只是好而已，在他面前的，無論是等級二或是等級六十，無論是士人或是農夫，全部都是一刀，就讓玩家珍貴的頭顱和頸子分了家。而且，那些威震遊戲的法術好像都對他沒用似的，他渾身裹在自己所砍出來的血霧中，不斷往前推進，天空中的頭顱也隨著他所在的位置，不斷往前推進著。」

「嗯。」

「玩家們不是不逃，只是嚇呆了，而且，說真的，想逃也逃不了，才剛剛動了想要轉身的念頭，眼前就出現一片銀亮，然後脖子就被削斷。這怪物，就這樣一路追砍著所有玩家，原本是一場殺怪物的大會，最後演變成締造怪物傳說的舞台。」

「嗯，這樣我就不懂了。」訪客開口問道，「這樣好的殺人刀法，頂多就稱上『高手』而已，哪能稱得上怪物？」

「你認為用刀砍下五百個玩家的頭，不是怪物？」

訪客沒有回答，只是搖頭。

「在這個充滿了各種奇異法術的地獄遊戲中，要殺一百個玩家，只要練夠了靈力，擁有了非常的法術或道具，其實並不難……但是，你有聽過誰是用刀，殘忍又簡單的砍下五百大軍的頭顱嗎？」

「嗯。」訪客點頭。「只用刀，是超出了玩家們的理解範圍。你這樣說，我就懂了，也許正是簡單，才真正可怕。」

「或者說，」老人再度吐出煙圈，「這樣才是真正的，無敵。」

「是嗎？」訪客嘴角洩漏出一絲不易察覺的冷笑。「這世界上，真正要論無敵者，恐怕還真不少。」

「訪客，聽你這樣說，你也遇過這樣的怪物？」老人放下煙斗，揚聲問道。

「哼哈。」訪客笑著搖頭。「請繼續說。」

「這使刀的怪物一直殺到了四百九十九人，地上滾落四百九十九個頭顱後，他的刀，卻在最後一刻停了下來。」

「刀停了？」

「是的，刀停在那位姓馬的軍師玩家面前。」老人說，「而且，這怪物露出怪異的表情，問起了馬玩家一個問題……年輕人，你想猜猜看嗎？」

「呵，我說過，我不猜謎的。」

「真是一個怪異的年輕人啊，這樣的天氣穿著黑大衣，頭上還罩著一頂遮住半邊臉的帽子，看你的模樣，難不成是從台北市走上來的？來陽明山踏青？還是搶資源？都不是，難不成……你來找人？」

「……」訪客搖頭，依然是一句話都不回應。

「算了算了，算我愛說故事，人老了總是話多些。」老人笑了，「這怪物問了馬姓玩家一個問題，那就是：『這幾百人是你找來的？所以，你很聰明嗎？』

「……」

「馬姓玩家當時嚇得褲子都快尿溼了，又不敢違背怪物的意思，不然怪物一刀下去，肯定頭頸分離，馬玩家只能點了點頭。沒想到怪物又繼續問了第二個問題，『好，你既然這麼聰明，那我問你……我是誰？』

「好問題，姓馬的傢伙如果當真這麼聰明，他怎麼答？」訪客身體往前探去，顯然相當感興趣。

「馬姓玩家渾身顫抖，這拿刀怪物突然出現在遊戲中，沒名沒姓的，又具有超乎遊戲規則的簡單恐怖刀法，他……他哪裡知道這怪物的真實身分！可是，馬玩家很清楚知道，如今他能在刀下苟延殘喘，靠的就是怪物的這個問題，如果他答不出來，肯定會步上前面四百九十九個玩家的後塵，變成第五百具無頭屍。」

「……」

「怪物的刀慢慢的舉高，映著天空殘缺的月光，四百多人的血在刀上乾涸，混合月光，凝成鐵灰色。只聽到怪物再次問道：『我是誰？』」

「馬玩家只覺得渾身戰慄，他腦海中瞬間閃過無數的人名，劃過無數的名字，卻意外的停在一個好戰而暴力的種族名稱上，於是他張開口，乾啞的聲調嘶吼著：『你是斐尼斯！你是斐尼斯！』」

晦暗的月光下，一個舉著刀的怪物，正對著一個跪在地上的玩家，露出迷惑又夾著驚喜的表情。

「原來，我是斐尼斯？」怪物問。

「正是，你是斐尼斯帝王。」

「那是什麼？」

「那是曾經和希臘羅馬帝國征戰多年，強悍而狂暴的海上軍團，曾經多次兵臨城下，終結許多古老文明的惡魔種族……你是斐尼斯，你是殘忍而失落的帝王。」

這剎那，一個馬姓玩家隨口胡謅的名字，卻讓怪物的刀遲疑了，他似乎在思考，為什麼他感到一種奇異的熟悉，是因為「帝王」這兩字嗎？還是「殘忍」與「失落」呢？

這些字，難道和自己的身世，真的有所關連嗎？

「我是斐……尼……斯？」怪物像是小孩牙牙學語般，又重複了一次。

「你正是斐尼斯。」馬姓玩家呼呼的喘氣，堅定的重複一次。

「原來我是斐尼斯。」怪物的刀，緩緩的放下了。

「是的。」

「那你是誰？」

「咦？」馬姓玩家一愣。「我？」

「我問，那你叫什麼名字？」

「我姓馬。」馬姓玩家聲音仍然帶著抖音，「名甬呈，我叫做馬甬呈。」

老人的故事說到這裡，天色已經從原本的黃昏，逐漸的暗去。

而老人的菸，也終於快要抽完一包了。

「所以，這故事就這樣結束了嗎？」黑衣訪客問道。

「可以這樣說，也可以不這樣說。」老人說，「因為後來這怪物自命斐尼斯，在甬呈的輔佐下，順利整合了陽明山新一代拓荒者，形成盤據台北東方的惡勢力，斐尼斯集團，而這個集團承襲了怪物本身的特質，殘暴而兇狠，利用森林的地形佈下陷阱與重兵，將外界的勢力阻隔在外。」

「嗯，如果斐尼斯當真這麼厲害，為什麼不往外攻去，以他能在一晚斬殺五百玩家的怪力，台北王城部隊根本不是他的對手。」訪客問。

「嘻嘻，你很聰明，問到了重點。」老人捻熄了最後一根菸。「因為斐尼斯一直很困惑，自己究竟是誰，所以始終沒有發兵，如果斐尼斯終於認清自己的身分，遊戲中哪還有什麼夜王？什麼天使團團長？早就是他的天下了！」

「呵呵，你倒是對斐尼斯很有自信啊。」訪客笑。

「這是當然。」老人嘻嘻的笑著。「不過，我們閒聊了這麼多，菸都抽完了，總該談點正事了吧。」

「喔？什麼正事？」

「捷運看板上的挑戰書，身穿黑衣的男人。」老人原本憨厚的眼神，剎那間轉變得晶亮而充滿殺氣。「聽說，這人已經來到了陽明山呢。」

「喔？」訪客微笑，「你想說什麼？」

「你以為我不知道你是誰嗎？」老人慢慢的收起了菸，咯咯的笑著，「台北城的王者，夜王。」

「喔。」訪客笑了，那招牌的霸氣笑容，在臉上展開。「那換我了。」

「咦？換你？」

「懂得陽明山上斐尼斯軍團的歷史，又以一個人的姿態鎮守在這片交通要道上，加上你渾身散發出來的妖氣。」阿努比斯冷冷的微笑，「自己的名字被寫在黑榜上，還好玩嗎？」

「哈哈，哈哈哈。」老人大笑了起來。「哈哈哈！好聰明啊！哈哈哈！」

「呵呵。」阿努比斯也跟著笑了起來。

「哈哈哈哈……」老人的笑聲戛然而止，然後，他的手指頭一彈，紅色的菸頭在空中劃出一條美麗的長線。

「阿努比斯啊，」老人慢慢站起，一身妖氣不再掩飾，化作騰騰熱氣，聲勢驚人。「如果有天你下了地獄，閻王爺問你死因，別忘了這樣跟他說：『我啊，就是死在太聰明了。』」

「別傻了。」阿努比斯同時張開了自己的靈力，手上獵槍無中生有，爆發強悍靈力，和老人灼熱的妖氣分庭抗禮。「閻王爺，還要尊稱我一聲『地獄的前輩』呢！」

陽明山上，海芋田旁——

阿努比斯和老人同時掀開底牌，各自展現神力和妖氣，竟然形成兩股僵持不下的氣團。

「你有這樣的妖氣？能和我的神力對峙？」阿努比斯手上的獵槍不斷顫動，竟然壓不住對方的火燙靈力，這是阿努比斯走進地獄遊戲以來，除了紅心皇后血腥瑪麗之外，未曾發生過的現象！「你是誰？你絕對不是無名之輩！」

「我們九個兄弟出生於中國，跟著曹操一起來到地獄遊戲，原本是他的最後王牌。」老人又點起了一根菸。「不過，既然有機會可以殺掉像是你這樣的大人物，我們當然是不會放棄，就自願前來台北了。」

「九兄弟？中國？」

老人慢慢吐出了一口氣，原本該是濃濃的白煙，此刻發起紅光，變成了熱嗆的火焰。

而老人的頭髮，像是一條一條蠕動的火焰，往上竄燒，像極了一隻暴怒的獅子。

「龍生九子，不成龍。」老人面目已經完全融入了火焰之中，熱氣騰騰。「在下排行老八，正是狻猊。」

「狻猊？」阿努比斯手上的獵槍一擺，換成雙手持槍，試圖壓住了不斷抖動的槍頭，情勢兇險，卻露出難得的興奮笑容。「真是難得，好怪物，真是好怪物。」

「阿努比斯，」狻猊隨著火焰越來越脹大，最後，他的身體已經比阿努比斯大上十倍有餘，「你知道嗎？之前黑榜群妖已經放出公告，只要殺了你或是少年H其中一人，至少登上黑榜的J字輩，兩者都殺，就能取代織田信長當上鑽石K的大位。」

「喔？」阿努比斯冷笑。「沒想到我的價碼這麼高？」

「哈，我要感謝你，從今天之後……」狻猊嘴巴一吐，就是一股熊熊烈焰，對著阿努比斯直噴而去。「我就是紅心J了！」

「哼，想太多。」阿努比斯身體一閃，躲過了狻猊放出的大火。

大火燒向海芋田，頓時將陽明山上大片的青翠美景，燒成滔滔火海。

「討債啊。」阿努比斯搖頭，「聽說，這片海芋田可是陽明山上的一大美景呢。」

「你有空，多顧顧自己吧！」狻猊張嘴，火焰凝成一顆火球，射向阿努比斯。

「我是很有空。」阿努比斯凌空躲過了這顆火球，身體以曼妙的姿勢轉了半圈，手上的槍管，正好對準了狻猊的頭顱。「對了，小心你的頭喔。」

砰！

阿努比斯手上的槍管，微微晃動了一下。

肉眼無法分辨的高速靈彈，已經離開了槍口，瞬間，抵達了狻猊的前額。

「好快的子彈，好俊的身手。」狻猊的獅臉露出錯愕的表情，看著子彈，就這樣貫入了額頭，然後，隨著噴濺的火花，從後腦鑽了出來。

靈彈先聲奪人，一舉貫穿狻猊的額頭，但是，阿努比斯卻一點都沒有露出高興的表情。

他皺著眉，歪著頭，看著前方那隻額頭中彈的火獅子。

「難纏。」阿努比斯垂下手上獵槍，眉頭皺起。「連身體都是火啊，這樣的話，火毫無形體可言，這樣的話靈彈豈不是發揮不了作用？」

「答對了。」狻猊的額頭，在靈彈過後，立刻自動恢復，完全看不出剛才的傷口。「我是火，火就是我，看你的靈彈，怎麼傷害毫無固定形態的火焰？」

「是有點麻煩。」阿努比斯搖頭，手上的獵槍正逐漸透明化，這是阿努比斯撤去靈力的象徵。「獵槍這武器，似乎對你毫無效果了。」

「是啊！」狻猊大笑，嘴巴再度張開，炙熱的烈焰又對阿努比斯發動攻勢。

「老用同一招，你不會膩啊。」阿努比斯身體一側，躲過了這波火焰，阿努比斯的身手俐落，從他在一〇一大樓上，和血腥瑪麗驚險追殺就可見一斑。

「是同一招嗎？」狻猊冷笑兩聲，忽然，牠頭一低，獅子燃燒的鬃毛，竟然像是一條一條火蛇般扭動起來。「那麻煩你睜開眼睛看看吧。」

火蛇胡亂竄動，越竄越旺，最後竟然像是一張撲天蓋地的火網，對著阿努比斯直罩了下來。

「好招。」阿努比斯仰著頭，見到他的頭頂上方，無數赤紅明亮的火蛇，交錯成一張密密麻麻的大網，對著他直撲而來。

「看你怎麼躲？」

「我不用躲。」阿努比斯冷笑，屬於特殊靈格中『靈現系』的阿努比斯，原本就具有將靈力化成各種槍枝的能力。

而他的手上，獵槍剛剛消失，取而代之的，是另外一種兵器正在成形。

只是槍枝形態卻未免太過怪異。

這槍根本不像槍，它有著超大口徑的嘴巴，嘴巴後頭還跟著一條皺褶的銀色管子，管子咕嚕咕嚕扭動，繞過阿努比斯的身體，直鑽入地底之內。

「這是什麼？」狻猊嘲笑道。「你嚇到連槍都變不出來了嗎？」

「錯錯錯。」阿努比斯微笑。「這槍有個挺好的名字，叫做水龍，正是我們現代人消防隊的好朋友。」

「水龍？」

「這裡沒有消防栓，只好委屈你一下了……」阿努比斯雙手握住水龍的頭部，後頭的管子竟然開始激烈抖動起來，好像是有什麼東西，帶著衝破地底的饑渴，順著管子衝了出來。「委屈一下，嚐嚐我們陽明山的地下水，可不可口啊！」

「什麼？水？」狻猊大驚，急速扭動身體，想要往後退去。「是水！？」

這句話才說完，阿努比斯手中的水龍，忽然爆出一片雪白晶亮的水柱，如同一把沖天的白色巨刃，從水龍頭部霸氣出鞘，貫穿漫天的紅色火網。

水刃如此強橫，在綿密的火網中，硬是炸開一個大洞。

而且水柱遇到高溫，瞬間蒸成伸手不見五指的濃霧，將阿努比斯和狻猊完全籠罩住……

「以水破火。」狻猊的聲音，在熱燙的濃霧中，傳了出來。「真不愧是阿努比斯，真不愧是黑榜心目中最想殺之而後快的角色！」

「好說。」阿努比斯單手一甩手中粗大的水龍管，隨著一身黑色大衣鼓動，就算在濃霧中，仍不減他一身驚人的霸氣。

「可惜……」狻猊發出冷笑。

「可惜？」

「你畢竟不知道，台灣人究竟是怎麼對待陽明山的。」

「咦？」

「陽明山原本是一片水源充沛的寶地，但是這些年台北人濫砍濫伐，少了一半的樹木抓住水源，你以為還剩下多少地下水？」

「沒有地下水？」阿努比斯一愣，果然，剛才如一條水藍長龍的水柱，此刻只剩下要吐不吐的幾滴水珠。

「知道了吧？」狻猊嘴巴一張，一顆滾燙火球從嘴巴轟然射出。

阿努比斯手上的水管，瞬間爆裂，只剩下一片漆黑的槍頭。

倉皇間，阿努比斯只能捨棄水管，看著自己的王牌瞬間被毫不留情毀滅。

「哼。」阿努比斯冷冷看著眼前的劣勢，驕傲的他臉上雖然沒有一絲氣餒，卻也忍不住皺起了眉頭。

「要怪，只能怪台灣人的生活習慣。」狻猊大笑，「現在的你，王牌出盡，憑這麼一點水，看你怎麼殺我？」

濃濃熱霧中，狻猊的笑聲不斷，而阿努比斯正皺著眉頭，思索下一步該如何是好時……

忽然，在阿努比斯正上方的熱霧中，一張巨大的紅色獅臉浮現，遮住了半個天空。

巨大無比的獅臉，眼睛閃爍著駭人的紅光，直瞪著渺小的阿努比斯。

「好小子，很有氣勢嘛。」阿努比斯仰起頭，依然霸氣不減的笑了。「玩了老半天，就屬這招最夠看，哈哈。」

可惜，阿努比斯的笑聲還沒結束，這火獅子嘴張開，吼的一聲，就這樣把阿努比斯，連人帶骨全吞了進去，一點渣都沒有剩下。

一點渣，都沒有剩下……

這裡，是另外一個場景，一片漆黑的場景。

黑暗中，有著非常細微的震盪。

彷彿一台關掉燈光的火車，正以難以分辨的高速，疾駛在無光的深夜中。

漆黑中，卻有個東西，隱隱的動了一下。

「嗯……」隨即，那『東西』發出柔細的呻吟聲，聽聲音似乎是一名女子。「這裡是哪裡？」女子慢慢撐起上半身，一手按住前額，試圖止住暈眩，同時露出困惑的表情。「我……在哪裡？」

她遊目四顧，四周除了黑暗之外，還是一片黑暗。除了如影隨形那細微的震盪外，這裡彷佛就像是一片純然死寂的黑洞空間。

女子緩緩起身，一頭服貼在後頸的短髮，一身全白色的風衣，苗條而俐落的身形……

她，不就是法咖啡嗎？

遊俠團的第二當家，一手「七修不過的工程數學」揚名地獄遊戲，她還是阿努比斯不顧生命安全也要拯救的對象！

「這裡究竟是哪？」法咖啡困惑的在黑暗中摸索，「我記得……我記得……我被三腳蟾蜍偷襲……然後……見到了……見到了……」

法咖啡摀住嘴巴，因為她想起，她在昏迷見到的最後一幕畫面了。

「約翰走路……唉……我……真的錯了嗎？」法咖啡嘆氣，「唉，我真的少了夜王老大，那種對下屬推心置腹的豪氣……也許之後，我該好好的檢討一下。」

法咖啡閉上眼睛，呼出長長的一口氣。

畢竟是統領上千豪傑的台北女強人，她很快就從低潮中恢復了平靜，開始探索眼前這片怪異的黑暗了。

「不管怎麼說，都得先離開這，夜王老大此刻一定很著急的在找我。」法咖啡伸出手，不斷摸索著。

「夜王老大……」

法咖啡的掌心隨著自己的步伐不斷往前推進，感受著黑暗空間中無法解釋的細微震動感。

此刻的她，只想趕快離開這裡，回到她深深信賴的老大身邊。

她好想念，夜王穿著黑衣的霸氣背影，好想念看著那背影，就能感受到心安的那段日子。

她要回去。

她要找尋出口。她要……

忽然，她不斷往前探索的手掌，倏然停止。

是錯覺嗎？法咖啡的指尖在那一剎那，好像碰到了什麼？

碰到了什麼？

一個有溫度但是強壯的物體。

「是……是什麼東西……在哪裡？」法咖啡的指尖顫抖著，被奪去視覺的她，深陷在一片黑暗中，只剩下未知的恐懼。

彷彿感應到法咖啡的聲音，那東西，微微動了一下。

在晃動的殘影中，法咖啡隱約看到了一個人的輪廓。

「你是誰？你為什麼躲在這裡？」法咖啡驚問。

「誰……我……」那個人動了兩下，發出了類似野獸呻吟的喉音。

「你說什麼？你是誰？」法咖啡驚疑的看著黑暗中那個人影，逐漸適應黑暗的瞳孔，似乎越來越能捕捉那人身體的線條。

粗大而雄壯的體態，堅挺而粗獷的五官，所以是一個男人嗎？

「我……誰？」那人依舊發出毫無意義的單字。

「你究竟在說什麼？」法咖啡皺眉。「你是誰？你不知道自己是誰？」

「我，是誰？」那人終於說出了完整的字句，彷彿整整一年從未開口，要慢慢找回習慣的用詞似的。

「你真的不知道，自己是誰？」法咖啡愕然。

「我，不知道。」那人粗豪低沉的聲音中，帶著無比的困惑和沮喪。

「嗯……」

「妳，夠聰明，可以跟我說，我究竟，是誰，嗎？」

「我沒那麼聰明。」法咖啡語調放柔，蹲下身子，用手摸了摸這粗豪漢子的頭，「但是我想，你一定和我一樣，都是被那隻臭蟾蜍給綁架過來的吧？」

「臭……蟾蜍？那是我的，名字嗎？」男子想了一會，猛搖頭。「怎麼，這麼難聽？」

「不，我不是這個意思！呵呵。」法咖啡笑了。「既然你忘記自己是誰，不如跟我一道，我們一起找路出去，好嗎？」

「嗯。」男人抬起頭，黑暗中，原本豪氣的臉龐，露出像是孩子般的笑容。「一起，走，吧。」

第四章《凶劫》

新竹，東門城下。

少年H和貓女兩人，面對著威武的古印度「象神」。

象神慢慢沿著東門城的階梯，緩步走到少年H兩人的面前。

到此刻，貓女和少年H才真正見到了象神的模樣。象頭人身，灰白色的粗厚皮膚，一對輕輕搧動的大耳，一條緩緩捲動的長鼻，兩根銳利的長牙，身穿古綠色銅甲，手持金剛伏魔仗，身形威武，莊嚴而令人生畏。

這就是濕婆四大分身中最具影響力的神祇，掌握「智慧」的尊者——象神。

比起掌握「戰鬥」的孔雀王、主司「變化」的哈奴曼，以及尚未登場，曾經毀滅半個印度帝國的「邪惡」——羅剎王。

象神多了一份讓人懾服的威嚴氣質。

「在下象神，見過少年H、貓女。」象神對兩人微微欠身。

「好說。」少年H也抱拳回禮。「您是白象啊?在古老印度的文化中，白象是群象的至尊，更是國王的象徵，今日一見，果然名不虛傳。」

「呵呵，先恭喜你們一聲，剛剛狼人T已經打敗了孔雀王，正在趕過來這裡的途中。」象神微笑，象耳輕輕搧動著。

「喔？」少年H和貓女互看了一眼，這時，貓女忍不住開口了。

「既然這樣，為什麼你不去救孔雀王，卻選擇來救哈奴曼，來阻擋我們的路？」

「呵呵，貓女問得好。」象神說，「這樣說吧，我想，狼人T不會殺孔雀王。」

「啊，為什麼？」

「狼人T雖然是勇敢果斷的勇士，卻也是追求公平戰鬥的武鬥家，孔雀王失去了翅膀，靈力又被貓女吞噬過半，狼人T定會覺得勝之不武，更何況……」

「更何況？」

「少年H啊，你這個狼人朋友，」象神一邊嘴角揚起，不帶戲謔的。「實在太溫柔了。」

「啊？」貓女張大嘴巴，露出不解的表情。「狼人T很……很溫柔？」

可是，就在貓女錯愕之際，一旁的少年H卻「哈」的笑了出來。

「咦？你……你笑什麼？」貓女嘟起嘴巴，轉頭看向少年H。

「我笑，不愧是象神，真是太了解狼人T了。」少年H臉上難掩笑意，「在曼哈頓獵鬼小組那兩年，我和他多次出生入死，他的毛病，的的確確就是太溫柔了。」

「你們究竟在說什麼，」貓女看著少年H和象神，忍不住跺腳。「人家不懂，人家不懂啦！狼人T明明就粗魯得很，怎麼會溫柔？」

「狼人T啊，生平最得意之事，就是在倫敦遇見了生命中的女孩，可惜，這終於成為他生命中最遺憾的一件事。」少年H說，「為此，狼人T變成了獵鬼小組中，最強悍、最無法擊敗的戰士。」

「沒錯，」象神繼續說道，「卻也因為他的力量源頭，是一份愛情，讓他成為最溫柔、最心軟的人。」

「嗯，是啊，這樣的人，往往可以逆轉比自己強十幾倍的人，像是開膛手傑克以及梅度莎，他一個人就解決了十六強的一個J和一個Q，但是，他的溫柔性格卻很容易饒過對手。」少年H繼續說道。

象神搖頭。「太心軟了。」

「沒錯，正是太心軟了。」少年H微笑，「但，這也就是狼人T，我最好的朋友。」

象神也微笑，「這也就是為什麼我敢推測，狼人T絕對不會殺孔雀王的原因。」

只見此刻，少年H和象神兩人同時面帶笑容，一搭一唱的對話，彷彿兩人不是即將生死對決的敵人，而是熟識多年，卻在街角偶遇的老友。

「你們……」貓女困惑的看著眼前的兩個男人，突然間，她發覺眼前的少年H有些陌生，和她所熟知那個在巧笑間使出驚人絕招，卻在小細節固執嚴肅的少年H，非常的不同。

只是，偏偏現在的少年H卻展現了一種魅力，一種令貓女怦然心動的魅力。

這樣的魅力？原來，這就是男人嗎？

一種明明思考很單純，卻始終讓戀愛的女人們，陷入迷宮的神祕生物？

「象神啊象神，你不愧是掌管智慧的神祇，單憑推測，就完全掌握了狼人T的性格。」少年H閉上眼睛，「也難怪，每個人都跟我說，與濕婆四大手下對打，除了羅剎王，最該提防的人，就是你了。」

「呵呵，少年H您真是過獎了。」象神搧動著靈活的象耳，「您不也是嗎？濕婆最擔心的，就是你和阿努比斯。他還下了通牒，哪個妖怪能殺了你們兩個，就讓那妖怪取代織田信長的位子呢。」

「哈，真是受之不起。」

「呵呵。」

「象神啊，既然你能猜出狼人T的心中祕密。」少年H原本輕鬆閉起的眼睛，陡然睜開。

「那，你猜猜我的如何？」

「呵呵。」象神笑了。

「你笑的原因是？」

「我笑，是因為……」象神瞇起眼睛，原本慈祥的臉龐，卻透露出一股即將來臨的冰冷殺氣，「如果我猜不出來，我還敢站在這裡嗎？」

「很好。」少年H雙手握拳，毫不考慮的將自己的力量，直接提升到「可見靈波」的境界。「就讓我來見識看看吧。」

就讓我見識看看吧，濕婆的最強刺客——象神。

新竹城。狼人T剛剛擊敗孔雀王的戰場上，一名不速之客，悄然現身。

「你說，你是土地公？」狼人T訝異的看著眼前這個不修邊幅的大學生，「見鬼了。」

「不是鬼不是鬼，」土地公忙搖手。「我是神啦，雖然神格不太高，總算是個神，以前孫悟空大鬧天宮前，不就是個看馬的小神嗎？」

「不，我不是這個意思啦，那只是口頭禪而已。」狼人T搔了搔濃毛後腦勺，「我記得你，H小子說過，你是一個貌不驚人但是實力強悍的高手！」

「咦？他真的這樣說？」土地公搖晃著腦袋，喝了一口仙草蜜。「那我真是沒白疼他，下次再讓他假扮女裝去偷襲敵人好了，嘻嘻。」

「呵呵，既然你是土地公，那我們應該是友非敵。」狼人T說，「我得謝謝你，沒有你的幫忙，我打不贏這頭孔雀，只是……為什麼你會知道……西兒？為什麼會知道心臟的事情？」

「西兒？」土地公搖頭，「我不知道啊。」

「咦？」

「我想你誤會了，西兒並不是我呼喚出來的喔。」土地公微笑，比著自己的心臟。「而是你自己渴望的心，把她從你記憶中給喚醒的。」

「我……我自己？」

「可以這樣說，別忘了這裡是可以實現人類最深處願望的『地獄遊戲』，也別忘了，你們還處在『以幻代實的八陣圖』之中啊！」土地公搖了搖手上的仙草蜜。

「我們在地獄遊戲和八陣圖中，所以……？」

「所以啊，」土地公說，「只要稍微懂得這個八陣圖的技巧，又對眼前人有非常的了解，要呼喚出對方內心所渴望或懼怕的人物，其實並不難，不是嗎？」

「啊，是這樣嗎？怎麼感覺上很難啊。」狼人T又搔了搔自己的後腦勺，「就是因為這樣，我才能見到西兒？」

「是啊。」土地公看了看自己的手錶，那是夜市買的一只兩百元的電子錶，也是新竹大學生最愛的寶貝之一，只要能看時間就好，管他名牌不名牌。「對了，狼人T，如果你擔心少年H，最好快一點。」

「快一點？」

「快一點去東門城幫他。」土地公的笑容收斂，不再嬉皮笑臉。「因為，這次他的敵人並不簡單喔。」

「真的嗎？」狼人T點頭，轉身就要往東門城跑去。

只是，當狼人T跑了幾步，他回頭，看著站在原地的土地公，狼人T忍不住問道：「那，你不來嗎？」

「不了。」土地公笑了一下，然後搖頭。

「為什麼？」狼人T好奇的問道。

「這故事就真的很長了。」土地公掏了掏耳朵。「簡單來說，我答應過一個人，沒辦法幫你們太多，除非我想喝那罐放在廟裡的最後一罐仙草蜜。更何況，眼前還有另外一件事要我去處理……」

「啊？是九尾狐的事情？」狼人T想起來了，少年H曾和他提過，土地公以一人之力，阻擋十六強中最棘手的九尾狐，更是少年H統一新竹的重要戰力。

「不。」土地公聽到九尾狐，原本嬉皮的表情，閃過一絲難以形容的複雜，「不是她，我和她之間的事，當真不足為外人道……現在要我去處理的，是一面牆的事。」

「一面牆的事？」

「呵呵，一面讓人嘆息的牆壁。」土地公又挖了挖耳朵，「老是有人在敲這面牆，吵得我耳朵好不舒服，我得去處理一下，能擋多久算多久囉。」

「嗯？」狼人T滿臉茫然，「讓人嘆息的牆壁？難道是地獄最底層……」

「我是不介意跟你詳細說這故事啦。」土地公笑著搖頭，「只是你再問下去，你H兄弟恐怕就危險囉。」

「啊！對喔。」狼人T一聽，巨大的身軀像是彈簧似的猛一彈起。「對喔，我差點忘記了，那我先過去了。」

「請。」土地公做出一個掰掰的動作。

看著狼人T的背影越來越小……越來越小……，忽然，土地公猛然嘆了一口氣，對著空無一人的街道，開口了。

「妳，在這裡偷聽多久了啊？」

「嘻嘻，該聽的，都聽到了啊。」看似無人的街道，卻傳來一個嬌柔的女音。

「嗯，是嗎？」土地公苦笑，「妳一身百變的幻術，加上九條奇怪的尾巴，真要躲藏，還真的沒人能找到妳勒。」

「嘻嘻，還好啦，我們認識這麼久了，你還會害怕我嗎？」

「怕啊，」土地公用手指頭摳了摳耳朵，「就像是少年H老是怕貓女一樣啊，善變的女人，就是讓人捉摸不定。」

「嘻嘻，這比喻真好。」那女音說著說著，慢慢從街角的牆壁邊，顯現了真身。

彷彿憑空出現的透明物體，那女人窈窕的身段，就這樣從空氣中「浮」了出來。

更特別的是，那女人的背後，九條柔軟而曼妙的尾巴，正呈波浪狀緩緩的流動著。

天上人間，還有哪隻妖怪具有這樣美妙而特殊的形體，不是鑽石皇后「九尾狐」是誰？

「說起少年H。」土地公望著遠方，輕嘆一口氣，「九尾狐妳修為數千年，妳算出的結果和我一樣嗎？」

「嗯。」九尾狐點頭。「你修為的歲月又不在我之下，你還不相信自己算的結果？」

「唉，不是不信。」土地公閉上眼睛，「只是不願相信。」

「殺破狼諸多凶星全部聚會，乃是極凶必死之兆。」九尾狐苦笑，「這次，少年H遇到的，恐怕是他生平中罕見的『大劫』啊！」

「果然是如此。」

「你很想去幫他，」九尾狐聲音放柔，「對嗎？」

「嗯。」土地公沒答話，只是嘆氣。

「別忘了……如果你一出手，就是正面和濕婆撕破臉，後果不只是你們個人，而是兩大古文明的妖怪界的大決戰，牽扯到的上萬條妖怪的性命……更重要的是，那個人就會出來了。」

「我知道。」土地公吐出了一口氣，表情無比煩惱。「所以我選擇留在這裡。」

「嗯，這才乖。」九尾狐瞇著眼睛說。

「不過我還是願意賭。」

「賭？」

「H小子這劫，是大到不能再大的劫了，但，正所謂物極必反，逆中有正，他大劫中那一點讓人無法了解的『紅鸞』究竟是什麼？也許就是一個轉機。」土地公閉上眼睛，「紅鸞，該是愛情之星，跟殺破狼諸星相比，只是微弱的乙等星，它卻獨在這片凶星星雲中固執的閃爍，必有其道理，不是嗎？」

「你是說……」九尾狐微微沉吟，「少年H最後的生機，掌握在女人或一段愛情的手裡？」

「這……」土地公搖頭。「真的不知道。」

「天機難測，不是嗎？」

「H兄弟啊。」土地公仰起頭，看著滿天閃爍的星斗，「你得活下去啊，我還等著和你在地獄遊戲結束後，好好喝上一杯呢。」

新竹，風城百貨的外頭，此時是一片殘破的廢墟。

原因無他，因為不久前的一場大戰，讓這座標榜著華麗購物天堂的風城，陷入史無前例的武力狂轟。

而這些破壞，竟然只是兩個人造成的。這兩人，其中一人是有「古來之惡」狂名的血腥戰士——典韋。

只是如今，他的頭顱已斷，曾經在萬箭如雨的戰場上馳騁的猛將，也只能成為一具動彈不得的枯屍。

典韋已死，另外一人呢？

只見廢墟中，一個曼妙的身影，慢慢的站起。她轉了轉脖子，一頭金髮迎風飛揚，姣好的面容中帶著一絲冷豔。她是吸血鬼女，也是奪下典韋頭顱的獵鬼小組高手。

「身體好像恢復九成了。」吸血鬼女微笑著，回想起剛才驚心動魄的一戰，不禁吐了吐舌頭。「這個典韋，當真是一頭厲害的怪物。」

「H小子。」吸血鬼女一撥長髮，金色的媚光迎著此刻的月光灑開。「此刻的你，闖到第幾關了呢？別忘了，我們的賭約。」

「這賭注，若是我破了八陣圖，先找到諸葛孔明。」吸血鬼女的身體蹲下，大腿的肌肉收緊聚力，如同一條繃到極限的彈簧。「你可是要告訴我，你遺憾的故事究竟是什麼呢！」

這句話剛剛說完，吸血鬼女低喝一聲，大腿繃緊的力量瞬間釋放，力量猛然從吸血鬼女的雙腳，往下蹬去。

只見大地上土石崩裂，強大無匹的反作用力，將吸血鬼女的身體化作一道黑影，如疾箭，如雷光，倏然衝向天空。

黑影穿過重重的雲際，然後吸血鬼女的背上，兩道弧度唯美的翅膀伸展開來，帶領她飛上更高更遠的天際。

直到她的身影，在這片天空中消失為止……

只是，當吸血鬼女展翅翱翔之際，她卻沒發現，風城外頭這片廢墟之中，一道人影，鬼鬼祟祟現身了。

人影在月光下快速潛動，在典韋的面前停了下來。

「典韋這傢伙，頭被砍了啊？」那人傻傻的笑著，「我以為這怪物永遠不會死勒，竟然還是死掉了，嘻嘻，看起來這個有翅膀的女人比典韋還要更像怪物勒。」這人笑著笑著，月光悄悄的灑在他的臉上，是一張憨傻駑鈍的臉龐。

這個狀似憨傻的男人，四下張望，忽然間，像是發現寶物似的，咚咚的往前跑去。

然後，他在一個球形物體前面突然站定。

「嘻嘻，找到了，我找到了！」男人拍手鼓掌，看著地上那個佈滿凝血的球體。「找到了，典韋的頭在這！」

只見，那圓球一雙怒目圓睜，頭髮濃翳如刺蝟般根根直豎，一看就知道是被殺得死不瞑目。

憨傻的男人蹲下，用手摸了摸典韋的頭。

「嘻嘻，還有一絲氣息哩，不愧是『古之來惡』呀，好兇好兇，靈氣還沒散盡哩……」

典韋的頭顱，彷彿感覺到了有一隻手正在撫摸自己的頭頂，眼球開始轉動，看見了眼前的男人……

一張憨厚愚昧的臉，伴隨著傻到不行的笑容，忽然間，典韋升起了一股不好的預感，因為他想起了一個人……

「典韋啊典韋，你和曹操在一起欺負我爸爸的時候，很囂張對不對？嘻嘻……」憨傻男人細長的眼睛，洩漏了一絲邪光，輕輕摸著典韋的頭。

「啊啊……你是……」典韋感覺到頭頂的撫摸越來越輕柔，後頸部的雞皮疙瘩，卻不能控制的一顆一顆豎起。

「想起來了嗎？嘻嘻。」男人越笑越開心，蹲在地上的身子，轉了半圈，屁股剛好對準典韋的頭。「還是，要我助你一臂之力，幫你想起來？」

「你……」

「我姓劉啦。」男人不僅用屁股對準典韋，還伸手拉下自己的褲子，露出兩瓣又白又圓的大屁股。「你……你究竟想要幹嘛！」典韋臉上滿是驚恐，失去身體的他，卻只能眼睜睜的看著這男人的屁股，在眼前晃動。

「沒有身體，很痛苦吧，嘻嘻。」男人轉過身子，兩個肥滋滋的大屁股，就正對著典韋的臉。「你猜猜，我要做什麼哩？嘻嘻。」

「不！求求你！別、別這樣！」典韋滿臉驚惶，縱橫三國，在千萬箭雨中橫衝直撞的狂戰士，此刻卻哀求的討饒。

「我，肚子痛，嘻嘻。」男人笑得好開心，「媽媽說，肚子痛，就是要便便了。」

「不，不要，不……」典韋的最後一聲求饒還沒有出來，就被一串清脆響亮的臭屁給掩蓋，然後，一大坨混著臭屎和濃尿的水，就這樣淋在典韋的頭上。

惡臭中，典韋想要張嘴，卻又不敢張嘴，僅存的一顆頭顱在屎水中不斷滾動，卻怎麼滾，都滾不出這堆噁心的糞屎堆裡。

「好舒服啊。」男人起身，拉起了褲子。

「我……我詛咒你，你這廢物……你在三國時期就是廢物，你現在還是廢物，沒有你爸爸，你根本得不到諸葛亮的輔佐……」

「剩下一顆頭，還吵，不乖。」男人用腳踩住典韋的頭，讓典韋的面容朝下，正好壓在這片肥沃的糞土中。

「嗚嗚……」典韋的聲音再也發不出來，只剩下喃喃的嗚咽聲。

「嘻嘻，」男人憨傻的表情中，此刻卻盡是陰冷邪惡的笑容，「我不是廢物，知道嗎？」

「嗚嗚……」典韋的頭被男人用力踩住，呼吸越來越困難，越來越急促。

「知道嗎？」男人的腳，又再一次用力。

「嗚嗚……」

此刻的典韋，已經分不清是呼吸聲，還是哭泣聲，只能發出如同悲鳴般的乾啞抽咽。

「嗚嗚……嗚……」

終於，典韋的聲音停了，在糞屎堆中，被活活給嗆死，嚥下了最後一口氣。

一代梟雄，從地獄回到人間，原本該是傲霸群倫的王者，將人間整得是天翻地覆，卻意外的敗給了吸血鬼女，之後更萬般倒楣的遇到了這個男人，連最後一點尊嚴都喪盡，死得既可憐又可悲。

只是，這個男人究竟是誰？

明明來自滿是英雄的三國時代，手段卻卑劣到這種程度？

「嘻嘻，嘻嘻嘻嘻。」男人笑了，一條黃色的鼻涕從他的鼻孔中緩緩流出，「看不起我，就是這個下場啦。」

男人用袖子抹去鼻涕，看著吸血鬼女飛走的天空方向，傻傻的笑了。

「從今以後，我要讓世人知道。」男人用腳踢了典韋頭顱一下。「我，阿斗，再也不是扶不起的了，嘻嘻。」

我，阿斗，要讓世人知道，我再也不是扶不起的了。

就在地獄遊戲之中，兩大戰團分居台北新竹兩地，互相僵持混戰之際。

另一股具有決定性的勢力，悄悄的進入了地獄遊戲之中。

他們總共九個人，衣著顏色卻是四黑五白。

四個臉色稍白，渾身透露出夜晚殺氣的男人，穿著筆挺的黑色西裝。

黑西裝的首領，是一個優雅的中年人，嘴邊留著小鬍子，手裡提著菸斗，一派中世紀貴族的模樣。

他，就是地獄中所有吸血鬼的始祖——德古拉伯爵。

五個白色帥氣西裝的，則是充滿陽光氣息的男人，他們一身正氣，讓人見到之後，精神為之一振，尤其是他們的老大，白色西裝將他的王族儀態顯現無遺，比起德古拉的陰沉式的魅力，他則是帶著親和力的王者風範。

他是——亞瑟王。

「德古拉。」亞瑟王說，「根據那隻小火龍給我們的情報，現在的地獄遊戲，正處於兵分兩路激戰的情況。」

「嗯，所以，你覺得我們該兵分兩路？」

「正是。」

「我沒意見。」德古拉微笑，「那你要挑北邊的台北？還是挑南邊的新竹？」

「我沒差。」亞瑟王搖了搖頭。

忽然，亞瑟王的背後，傳來一個渾厚沙啞的嗓音。

「亞瑟王，我是鍾馗，我想去新竹。」

「喔？為什麼？」

「因為，『那個男人』的唯一後代，現在正在新竹啊。」鍾馗瞇起眼睛，一張醜臉露出了親切的笑容。「我答應『那個男人』，要好好照顧他的小外甥女的。」

「你所說的那個男人……難道是？」

「那個曾經以一顆足球，和我收服無數妖魔的毛筆，戰成平手的吸血鬼。」鍾馗摸了摸背後那根掃把毛筆。「他是地獄旅者，自稱舅舅的男人。」

「鍾馗啊鍾馗。」這時，一旁的德古拉卻忽然笑了。「你可知道，當你選擇去保護吸血鬼女，會遇到什麼樣的敵人嗎？」

「會遇到誰？」

「那個人，是自從我之後，被公認吸血鬼界的超級天才，也就是她，把和你打成平手的舅舅，給毫不留情的切成了屍塊。」德古拉紅色的眼睛，閃爍著興趣盎然的光芒。「有這樣的敵人，你確定還要去新竹？」

「……」鍾馗聽完，先是沉默了一秒，忽然仰頭大笑起來，「哈哈哈哈！」

「有什麼好笑？」

「為知己而死，人生何憾？」鍾馗抽起背上毛筆，筆尖豪氣甩動，凌空寫出一個『義』字！

這「義」字凝聚鍾馗的百年道行，筆筆藏鋒，勾勒之間輕靈如羽，收筆處又穩若泰山，在空中如同冰雪凝結，久久不化。

見到義字如此浩然氣勢，所有人不分吸血鬼或是亞瑟王軍團，都同聲喊出了一聲：

「好！」

德古拉更是抹了一下鼻子，表情又是讚嘆，又是期待。「鍾馗啊鍾馗，那我告訴你那個人的名字吧。那人，就是黑榜上的紅心皇后。」

「紅心皇后？」鍾馗聽完，涼氣直透肺腑。「血腥瑪麗！」

鍾馗久居地獄，當然聽過血腥瑪麗的大名，這個在黑色血海中出生的吸血鬼女王，發動地獄人神共憤的種族屠殺，連聖佛親自出手剿殺，都讓她逃出生天。

只是，血腥瑪麗在地獄中消失已久。

沒想到，這些年她又再度崛起。

如果真的是她，那這趟地獄遊戲之行，恐怕兇險得緊。

「聖佛不在，血腥瑪麗又趁機復出。」鍾馗握緊手上毛筆。「沒想到，會是這樣棘手的角色。」

「對了，鍾馗，還有一件事我要告訴你，雖然洩漏同行的機密不道德，但是看在你夠義氣的份上，給你一個忠告。」

「忠告？」

德古拉點起了菸，在裊裊的煙霧中，微笑。「面對這女人啊，要提防『香味』。」

「香味？」鍾馗困惑的重複了這兩個字。「提防什麼香味？」

「剩下的，就要靠你自己去領會了。」德古拉又吸了一口菸，「你要記住，這女人到目前為止都還沒有發揮真正的實力，別忘了，她可是從聖佛手底下都能逃走的女人。」

新竹東門城外——

三個威震地獄人間的高手，正彼此凝望著。

靈力幾乎耗盡的貓女、蓄勢待發的少年H，還有，從濕婆體內分化而出，擁有無比智慧的象神。

「少年H，」象神閉上眼睛，兩朵大耳輕輕搧動。「我要出招了喔。」

「呵呵，想叫你不出招，大概也不行吧。」少年H笑了，「請出招。」

「我希望你知道，待會無論我做了什麼事，都是因為我們原本的立場不同，所以必須決一生死。」象神眼睛依舊閉著，表情卻多了幾分不忍。「少年H，對你，我是真的很希望交你這個朋友的。」

「我倆道不同，是該如此。」少年H點頭。「我能理解。」

「嗯，道不同，不相為謀，真是可惜了啊。」象神手上的伏魔杵開始緩緩轉動起來，在空中畫出一圈又一圈金光凌厲的圓弧。

每畫一圈，金光就脹大幾分，一波又一波的金光將新竹市的天空，渲染成璀璨的金色。

「來吧。」少年H雙手運起靈力，黑白兩色的太極圖形，隱然成形，少年H毫不保留，一出手就是可視靈波的境界。

只見月光下，象神的伏魔杵越揮越快，金光綻放，輝映著月光，天空竟然整個朦朧起來。

「啊？」貓女仰起頭，她感覺到圍繞在她周圍的空間，都變得模糊不清起來。「起霧了，這片霧是怎麼來的？」

忽然間，她感受到一股無法言喻的恐懼。

這是第六感！

是貓女本身的直覺加上長年對巫術修煉，所生成的預知能力。

就像是土地公和九尾狐綜觀天象一樣，連貓女都察覺到，此場戰役對少年H是極度兇險啊！

「H，快走，這仗不能打！」貓女聽到自己語氣中有著無法控制的惶急。「會很危險，你可能會熬不過去!你……」

「我知道。」少年H淺淺的微笑著，「貓女，我知道的。」

「啊，你……你知道？」

「中國的道術，可以推出人的命運與流年。」少年H雙手負在背後，瘦長的體型在濃霧中更顯細長，更帶著幾許滄桑。「我早就算出，我進入地獄遊戲後會遇到一個生死大劫，這劫會是一個抉擇，若是在這時間遇到濕婆，這場戰鬥，可能會是我的最後死期。」

「你……你早就知道了……那……你……還過來救我？」貓女猛然愣住，聲音乾啞，「你還啟動戒指的力量，特地趕過來，你還……」

「……」少年H沒有說話，只是淡淡的笑著。「人啊，為所當為，不是嗎？」

「……H……」貓女突然又覺得眼睛溼熱起來，她想說些什麼話，卻什麼也說不出來。

忽然間，貓女想到了在「杜門」，賽特曾經對她說過的話……『妹妹，別像我這麼笨，以後無論如何都要找一個，願意為妳犧牲的男人，好嗎？』

「原來……」貓女感覺到溼熱的感覺滑出了眼眶，瀰漫在臉頰上。

原來，這個少年H，這個從地獄列車開始，就讓自己傾心的男人，就是……「願意為自己犧牲」的人。

少年H早知道自己即將面臨生死大劫，卻義無反顧的回來拯救貓女。

原來，他就是那個人。

就是那個人啊！

貓女感覺到渾身顫抖，一陣激動讓她起身，試圖要奔去少年H的身旁。

「貓女，妳現在一身靈力都已經耗乾，不要妄動。」大霧中，少年H對她搖了搖頭。

「可是……」貓女說不出話來，才想要起身，卻發現自己的雙腳虛浮，剛才硬吃下孔雀王靈槍，又被哈奴曼吸去了僅存的力量，強如貓女，也必須數日才能復原。「要乖，別動。」少年H對著貓女再度搖了搖頭。

「好，我不動，但是你答應我。」貓女聲音哽咽，「你要活著回來，要完完整整，沒有半點缺陷的回來。」

「……」少年H沒有回答這個問題，他的身影與表情，卻已經快要被大霧所遮蔽。

「H！答應我！」貓女提起聲調，又再問了一次。

「好，我答應妳。」少年H的聲音從霧中傳來，聲音堅定而溫暖，「我答應妳，『我們』兩個，都要平安的回來，平安的離開這個地獄遊戲，好嗎？」

「H……」

「貓女，那妳也要答應我，妳也要平安離開這裡。」

「嗯！我答應你！」貓女用力點頭，聲音中卻有藏不住的哽咽。「我們，都要平安離開這個地獄遊戲。」

「嗯。」

當回答了貓女這句話後，少年H閉上眼睛，此刻的他，已經完完全全陷入了濃霧之中。

眼前，就只剩下這座象徵著新竹古老精神的東門城，還有纖瘦惶然的貓女背影了。

濃霧中，所有人的身影都已經被濃霧吞噬，只有說話的餘音繚繞在朦朧之中。

這是少年H和象神的聲音……

「少年H，你答應貓女會平安回去，可是，你知道這可能性有多低嗎？」

「很低。」少年H聲音平靜，「我知道。」

「那你還願意答應她？」

「承諾，也可以是一種保護。」少年H聲音依然平和，卻意外的給人一種悲傷的感覺。

「我的承諾，如果可以讓貓女升起戰鬥意志，走出這個八陣圖，逃過濕婆追殺，這樣的承諾，又何嘗不可？」

「你……」象神沉默了半晌。「倒是一個好男人啊。」

「哈哈，象神啊，你發好人卡給我，我受之不起，不過，另一方面，」少年H的聲音又昂揚了起來。「就算命盤指出我即將面臨大劫，我可是沒有一點放棄的打算喔。」

「哈哈哈。」象神大笑，「沒錯，這才是少年H，才是白榜上最熱手的兩人之一，也是濕婆大人決定要親自出手的人物。」

「哈。」

「既然如此。」象神手上的伏魔杵揮動，金光凜凜，「就讓你見識一下，用我最全部靈力所佈下的濃霧，究竟有什麼可怕的力量吧。」在象神啟動能力之時，濃霧中，同時間傳來少年H驚異的嘆息。

「原來，你的能力是如此?竟然是如此啊！」少年H聲音失去了平常的冷靜，顯得無比吃驚，「你……竟然……做了這樣的事情！」

竟然，做了這樣的事啊！

可惜，少年H的這聲怒嚎，最後只剩下殘餘的回音，消失在濃濃大霧中。

第五章《火與結界》

台北城外的陽明山，原本路邊回憶往事的老農夫，終於被阿努比斯逼出了真身，變成一頭巨大兇猛的火焰紅獅。

而這頭火焰紅獅，來歷更是不小，正是龍生九子的老八，掌『火』的狻猊。

阿努比斯先是運用靈力，引來陽明山的地下水，試圖以水滅火，只是沒想到陽明山的地下水早已被台灣人給掏空，失算之下，阿努比斯被逼入了最危險的地步。

狻猊巨大獅臉從天空中撲下，嘴一開，把阿努比斯整個人吞入。

阿努比斯，這個從地獄列車的車掌，遊俠團的夜王，來自遠古埃及的神祇，就這樣莫名其妙的死在中國古老妖怪狻猊口中嗎？

就這樣結束了他千年輝煌的歲月嗎？

狻猊一口吞下了阿努比斯，得意的仰起頭，打了一個嗝。

「像這種高級的神，吃起來真是過癮，浩瀚的靈力，夠我幾千年不用再進食啦，咯咯。」

狻猊搖頭晃腦，一身炙熱的火焰也隨之晃動，火舌亂竄，十分壯觀。

「阿努比斯啊，咯咯。」狻猊冷笑，「你現在在我肚子裡面，肯定還沒死吧，像你這樣的大神，就算我的真火也無法短時間消化你。」

『哼。』狻猊的肚子中，果然傳來一聲熟悉的低哼，正是阿努比斯的聲音。

「只是你有沒有覺得很燙，燙到渾身都快要融化了呢？嘻嘻，我狻猊吃東西的速度雖然不及五哥饕餮，但是我肚子裡的這把火，要把你燒乾淨，也不是難事。」

『……』

「你要怪，就只能怪你太傻，妄想和整個黑榜妖怪對立，還有要怪台灣人不懂得珍惜水源，讓你落到這番田地，哈哈哈……」

只是，狻猊才笑到一半，聲音卻戛然而止，因為他聽到了一個清脆的機械卡榫聲。

「卡搭。」

然後，是阿努比斯慣有的冰冷語氣。

『狻猊啊你滿肚子火又怎麼樣？老子照樣開槍轟出去！』

「阿努比斯！」狻猊咆哮，然後他的肚子爆開，無數的子彈就這樣射了出來。

一發又一發的子彈，帶著兇狠的氣勢，破狻猊的肚子而出。

子彈尾巴拖曳出的螺旋風勁，帶起一條真空路徑，將狻猊的肚子，射出一個又一個大洞。

當子彈炸開的洞越大，那個藏在肚子裡面的人，全貌也隨之顯現。

他一身黑色大衣隨火焰抖動，火光映出半邊胡狼臉龐，雙手持槍，神威凜凜！

就連困在狻猊肚子中，都有這樣霸氣，不愧是阿努比斯！

「吼！你以為，我會這樣就讓你逃出去嗎？」狻猊不斷尖吼，獅臉扭曲，上千年修為的妖力化作更強大的火焰。

火焰不斷往四周張開，見樹燒樹，見草燃草，連小動物都毫不留情的吞噬。

而且火焰吞噬物體之後，威力更強，原本被阿努比斯靈彈炸開出的求生之路，立刻被強猛的火焰所封住。

幾秒後，阿努比斯又再度被狻猊身體的火焰所圍攏，消失在火焰的後方。

「阿努比斯啊阿努比斯，呼呼。」狻猊喘著氣，嘴角露出邪笑。「呼呼……當你被我吞噬的那一刻起，你就深陷在我以火焰所架設的結界中，只要我還能燒東西吃，你就永遠打不開我的肚子……看你最後怎麼逃出去？咯咯。咯咯咯咯。」

『……』

「怎麼？不說話了？」狻猊發出嘲笑的笑聲，「認命了吧？乖乖的待在我火焰的結界中，等待被我的火焰給融化侵蝕掉吧。」

『……』

「咯咯。」狻猊緩緩的起身，又打了一個大嗝。「我就跟其他八個兄弟打賭，我一定能打敗阿努比斯，老二螭吻和老四狴犴還不相信我，哼，你已經放棄了吧，阿努比斯，從地獄列車以來，縱橫地獄的傳說，終於被我劃上了句點……」

『我明白了。』忽然，阿努比斯停止沉默，開口了。

「咦？阿努比斯原來你還活著啊，明白什麼？是你覺得快死掉了，所以找人聊天是吧？」

『不。』狻猊的肚子中，傳來阿努比斯低沉的聲音，『我終於明白，要怎麼讓你這把妖火灰飛煙滅，屍骨無存了。』

「啊？你傻了嗎？」

『結界。』阿努比斯的聲音，有著難以壓抑的狂暴笑意。『謝謝你的提示，就是結界啊！』

「結界？什麼結界？我呸！」狻猊冷笑，「你的腦袋是壞掉了嗎？我的肚子溫度太高，把你的狗腦煮壞了？」

『結界這東西，是非常奇妙的。』阿努比斯冷冷的說，『不過大抵上可以這樣說，結界是一種以結界師為中心，將周圍環境完全封閉的法術，換句話說，結界師的周圍，就是結界施展的範圍。』

「哼，說了一堆沒人聽得懂的屁話，然後呢？」

『而我是農夫，正是結界的操縱者啊，這是地獄遊戲本身賦予的力量，我能操縱以植物為主的結界，像是追蹤陽光的向日葵，一片深沉的迷霧森林，當然還包括，逆轉光合作用的深夜幽蘭。』

「你已經不是說屁話了，而是孔老師上身，開始講課了？」狻猊拼命搖頭，「我以為地獄遊戲中不會出現孔老師哩，沒想到世事難料……」

『我一直在思考，你能操縱火，火會燃燒空氣中的氧氣，化作高溫來吞噬萬物，也就是火這樣的特性，讓你幾乎所向無敵，因為只要你不斷燃燒，不斷轉換氧氣，火就不會熄滅，你就永遠不會死，對吧？』

「我永遠不會死，沒錯，你知道就好，咯咯。」狻猊得意的說。「阿『孔』比斯先生，說得不錯啊……」

『但是我發現你錯了。』阿努比斯一邊嘴巴揚起，邪氣的微笑。『你會死。』

「哈，哈哈哈哈！」狻猊大笑，周圍的火焰也隨著笑聲，高低起伏，蹦出陣陣火星。「這真是我進入地獄遊戲之後，所聽過最好笑的笑話了，阿孔比斯先生，你不當老師，可以去參加電視笑話冠軍。」

『要你死，說來很簡單。』阿努比斯冷笑。『只要火一滅，你就死了。』

「哈哈哈哈，那敢情好，你要怎麼把火熄滅？我既然能肆無忌憚的燃燒萬物，你怎麼將我熄滅？別忘了，你的腳底下可是一滴水都沒有了。」

『嘿嘿。』阿努比斯冷冷的說，『我說了半天，你都沒聽懂我的意思？我說過，我是操縱結界的農夫，擁有操縱植物結界的能力……包括逆轉光合作用的深夜幽蘭。』

「逆轉光合作用……」狻猊身軀一震，身體周圍撲朔火焰，也隨著一陣晃動。「逆轉光合作用？等等，光合作用是產生氧氣，所以逆轉是指……」

『賓果。』阿努比斯微笑。『請你想像，結界就像是一只玻璃罩，罩住了火焰，然後玻璃罩中，點起了逆轉光合作用的法術。』

「啊……啊……」狻猊驚恐的身上火焰四處跳躍。

然後，只聽到阿努比斯高昂吶喊，一股強悍靈力隨之漲開。

『被逆轉的，光合作用！』

接著，阿努比斯聲音轉厲，曾是地獄亡靈守護者的魔神氣勢在此刻毫無遮掩的狂湧而出。

『奪走所有的氧氣吧！』

如果你唸過小學，又很幸運的唸到中華民國的小學，又更幸運的遇到一個怪怪的自然科學老師，那你肯定做過這樣一個實驗，叫做光合作用。

實驗是這樣設計的，老師會拿一只玻璃罩，罩住一株植物，並且在玻璃罩中點燃酒精燈。

實驗的第一步，就是在陽光下觀察這玻璃罩裡面的變化。

你會看到，酒精燈的火，無論過了多久都不會熄。

就算氧氣罩中的空氣耗盡，植物的光合作用也供應源源不絕的氧氣給火焰，於是火焰會不斷燃燒，直到天荒地老。

但是，這實驗的重頭戲，卻是在實驗的第二步驟，當老師躡手躡腳的走到窗戶邊。

然後，他一手把窗簾拉上，又順手把燈光關掉的時候……

這一剎那，植物立刻停止了光合作用，取而代之的，則是本身旺盛的呼吸作用。

呼吸作用和燃燒都一樣，亟需要空氣的氧氣，於是植物再也不是火焰的最佳盟友，而是和火焰展開生存競爭的死敵。

氧氣，就是他們共同爭奪的生命泉源。

黑暗中你會觀察到，

火的光線弱了。

殘了。

廢了。

火焰想要生存，卻完全抵抗不了空氣罩中『斷氧』的事實。

狂妄的火，災難的火，結局就是卑微的消失在黑暗中的玻璃罩中。

然後，老師會拉開窗簾，對所有的小學生說：

「請注意，火雖然表面看起來很可怕、很強大，但並不是無敵的，只要你能奪走氧氣。」
老師微笑的拿起那株植物。「再強的火，也會在一瞬間，熄滅。」

再強的火，也會在一瞬間，熄滅。

『奪走氧氣吧！植物系法術！』阿努比斯的聲音，宛如大怒神的吼聲，『被逆轉的，光合作用！』

被逆轉的，光合作用。

氧氣，這結界中稀少而珍貴的寶藏，就這樣在短短的數秒內，被阿努比斯的植物法術，整個吸盡。而剛才不可一世的狻猊，睜著一雙驚恐的眼睛，看著自己原本盈滿烈焰的身軀，逐漸的縮小，衰敗，萎靡……

他張開四爪，不斷的往四周掏摸，那些可以供給他生命的花草，卻都在阿努比斯的結界內，整個被隔離開來。

狻猊不斷掙扎，卻只能任憑自己的身體越縮越小，氧氣斷絕，他不只是窒息而已，而是生死存亡的關頭。

「後悔了吧？」阿努比斯在火焰中現身，因為此刻的火已經不足以遮住阿努比斯的身體了。「把我吞入，卻剛好讓我在你肚子裡面，張開一個完美的結界。」

「嗚，吼嗚，嗚……」巨大的紅色獅子狻猊，如今，卻只剩下手掌大小的一株火苗。

火苗依然保有狻猊的獅臉，他抖動了兩下，奮力的想要往結界外頭逃去。

只是，火苗還沒跳上幾步，眼前一道黑影，就如同烏雲般遮住了他的去路。

這道黑影，就是浴火重生的阿努比斯。

此刻的阿努比斯終於掙脫出狻猊的火焰結界，黑色大衣早已經被高溫啃蝕得千瘡百孔，胡狼的細毛更是焦黑而捲曲……

但，這樣落魄的衣著，在霸者的阿努比斯身上，卻意外的充滿一股瀟灑。

帝王就是帝王！就算穿上破爛的袈裟，仍遮掩不了睥睨天下的王者之氣。

「嘿，狻猊小弟。」阿努比斯擋在狻猊火苗的面前。「怎麼？不喜歡我替你架設的結界？想離開？太不給面子了吧。」

「你……」只剩一株弱小火苗的狻猊，渾身顫抖，看著比他高大數倍的阿努比斯，「你……

……想幹嘛？」

「老實說，我還挺欣賞你的。」阿努比斯蹲了下來，胡狼臉龐上，兩排銳利犬齒，閃閃發亮。「因為，縱看整個地獄，能將我逼到這番田地的人，實在是不多了。」

「啊……」

「這樣吧，我給你一條生路。」阿努比斯一笑，伸手到自己的背上，錚的一聲，銀光閃過，抽出了一把刀。

「這刀……」狻猊雖然妖力喪盡，一雙眼睛可沒瞎，他嗅到了屬於這把刀的濃濃妖氣。「好暴戾的妖氣，這刀，也是黑榜上的魔物吧。」

「猜得好。」阿努比斯右手握刀，往下一插，就剛好插在狻猊火苗的面前。

「這刀正是日本第一刀，妖刀村正，也是唯一以武器之姿，擠上百大黑榜的怪物。」

「妖刀村正……阿努比斯，你究竟想要幹嘛？」

「這刀的特殊能力，就是可以吸納妖氣，化為己用，如今它服從於我，它所吸收的妖力自然歸我所管。」阿努比斯看著眼前的狻猊，眼露精光。

「它，就是我給你的選擇！」

「選擇？」狻猊看了看眼前銀光淋淋的妖刀，又看了看滿身燒痕，卻不減霸氣的阿努比斯。

「你是說……」

「第一個，你可以選擇離開這裡，但是我敢跟你保證，你還沒走出這個結界，就會缺氧而死。」

「那第二個選擇呢？」

「第二個，就是投入這把妖刀之中，讓妖刀吸取你的力量，從此成為我阿努比斯的手下。」

「你！」狻猊驚疑不定的看著阿努比斯。

「你想要招降我？」

「沒錯。」

「你不怕我到時候反咬你一口？」

「哈哈哈哈！」阿努比斯聽到狻猊說出這句話，忽然大笑起來，笑聲豪氣干雲，震動大地。「哈哈哈哈哈！」

「有……有什麼好笑？」

「我笑啊，」阿努比斯突然收起笑容，胡狼臉上的毛髮，竟然像是沖天火焰般，一根一根往上扭動起來。

真正恐怖的，則是阿努比斯的那雙眼睛，碧綠深邃，如同無邊無際的冰冷深淵，深淵中更是隱藏了無數駭人的怪物正咆哮著。

看到阿努比斯這樣的表情，狻猊只覺得渾身發冷，那顆修煉千年，見過無數妖魔的膽子，都在阿努比斯表情前，如同泡沫般消失。

「背叛我，你敢嗎？」

「我……我不敢……」狻猊火焰隨著他的驚怕，與氧氣的不足，已經越來越小，轉眼就會化成灰燼。

「你時間已經不多了。」阿努比斯看著幾乎要透明消失的火苗，「奉勸你快點做決定。」

「我……」

「你怎麼樣？」

「我……」只見狻猊這句話沒有講完，忽然火苗猛力往前一蹦，就這樣撞向了眼前的妖刀。

「聰明。」阿努比斯嘴角揚起，邪惡又迷人的微笑。「聰明的選擇。」

火苗碰到妖刀，不但沒有因此而魂飛魄散，反而像是融入水中一般，完全的消失在銀色的刀面上。

不，不是完全消失。

因為，沒過幾秒，只見妖刀的刀身忽然漲紅，像是剛從錘鍊爐中出土，帶著狂暴而凌厲的火星，激烈的顫動起來。

「村正，這次連你都吃不下去吧。」阿努比斯大笑，右手猛力握住妖刀刀柄。

這一握，卻看見妖刀上幾乎漲破的熱紅，開始盤桓上升，從刀鋒升到了刀柄，然後盤入阿努比斯的右手臂上。

緊接著，轟然一聲巨響，火光中，阿努比斯的整隻手，就這樣陷入金紅色的熱焰中。阿努比斯傲然而立，上半身衣衫破碎，糾結的肌肉顯露出完美的體線，唯獨握刀的右手是熊熊燃燒的紅焰。

這樣的姿態，如此霸氣，如此迷人，真無愧是來自地獄的夜王——阿努比斯。

「好火。」阿努比斯無視正在滾滾燃燒的右手，讚道：「好妖力。」

妖刀抖動，似乎在催促阿努比斯。

「既然如此，」阿努比斯高舉妖刀，手一揮，刀脊在空中畫出一個美妙的弧度，伴隨著燃燒的火光，這半弧像是照亮夜空的驚豔火流星。「我們就再來舞一場吧！」

充滿力道的刀之舞，融合剛強的阿努比斯、鋒利而優美的妖刀，以及熾熱洶湧的狻猊之火。

三者合一，比起阿努比斯在台北一〇一收服妖刀時的綠色之舞，此時更美，更有魄力，更撼動萬物的心靈。

更強了。

無疑的，阿努比斯，這個尊貴的夜王，又更強了。

眼前這片美妙的火焰刀舞，似乎在預告著。

準備改變歷史的強者傳說，即將在地獄系列中誕生。

這裡，是戰火洗禮過後的南陽街。

遊俠團上千名戰士剛剛傾巢而出，在這條台北知名的補習街，把薔薇團毫不留情的完全毀滅。

而薔薇團，隨著荊棘玫瑰的自殺，這個曾經統治台北南端的女兒軍團，正式在地獄遊戲的歷史上除名。

這條南陽街，基本上已經不能稱為一條街了。

到處都是爆裂式法術肆虐過的痕跡，原本的高樓大廈，有的牆壁已經脫落，有的玻璃碎裂，有的招牌爛得像是一團漿糊。道路的柏油被掀開，露出底下的鋼筋和石塊，滿天飛舞著自修的紙，紙上盡是學生對課本上人物的塗鴉，地上凌亂散佈著薔薇團死後的道具。

「親手砸毀南陽街，應該是每個補習學生的願望吧。」九指丐此刻戴上夜王的木雕面具，穿著黑衣，步出了賀折大樓。「可惜不能找學生來砸，搞不好比遊俠團戰士要厲害一百倍也不一定。」

九指丐走出了大樓，他發現，竟然在不知不覺中，天色已經透出了朦朧的晨光。

晨光，像是一道沾滿灰白色顏料的畫筆，豪邁卻又細膩的在天空畫上了一道，把原本黑色的畫布，滲出一條美麗的魚肚白。

只是，在這片萬物甦醒的灰白色中，在九指丐眼前的，卻是千人廝殺後的戰場，殘破的建築，滿地戰火的傷痕，以及象徵著死亡的道具散落一地。「嗯。」九指丐閉上眼睛，深深吸了一口微冷的清晨空氣，也許是剛才荊棘玫瑰到死都在等待夥伴的場景，讓他冷酷的內心感受到細微的觸動……此刻的他，竟然莫名的有些討厭戰爭。

戰爭，死亡，以及犧牲。這些東西，真有那麼重要嗎？

地獄遊戲中，這些玩家與妖怪神魔們，到底有多少人明白自己究竟為何而戰？

除了殺戮，他們是否已經忘記去找尋這場戰役的背後意義？

「呼，別亂想，別亂想。」九指丐深吸一口氣，用指節敲了敲自己的頭。

他凝神一看，只見在南陽街上，還有許多正在等待夜王命令的戰士。

約略一算，約莫還有五百名倖存者，他們或坐或站，散佈在南陽街上，不騷動，不鼓譟，安靜的等待著他們心目中真正的領袖——夜王。

只是，這群沉默的戰士見到了夜王，卻沒有戰勝後誇張式的歡呼，甚至有的人連動都沒有動，只是沉沉的坐著。

但，九指丐卻可以清楚感覺到，當他踏上台階的那一瞬間，底下每位戰士的眼神，都一起專注的凝視著自己。

超過五百雙眼神，何等專注，何等崇敬，其姿態就像等待獅王號令的群獅，兇猛、銳利，卻又冷靜得讓人背脊發涼。

原來，這就是王者軍團的氣勢。

這就是可以在三十分鐘，瓦解台北王城的怪物軍團。

「媽啊，阿努比斯是怎麼訓練出這群怪物的？」

被這五百雙眼睛這樣看著，連看過大場面的九指丐都感到腳底上，傳來陣陣發麻。「而且，連我的情報，到現在還沒能摸清楚，阿努比斯底下，到底還藏了多少軍隊？還有多少像是法咖啡與約翰走路的高手？」

「難怪薔薇團佔有地利之便，加上三倍的人數，還是被遊俠團給殺得清潔溜溜。」九指丐暗暗咂舌，「這軍團，如果阿努比斯親自領導，不知道會強成什麼可怕模樣哩。」

「咳咳。」想到這裡，九指丐深吸了一口氣，對所有人喊道：「各位，這場戰役辛苦了，我們成功的擊敗了薔薇團，接下來，就請各位拿走自己想要的道具……然後，各自回家……別管我了……咦？」

九指丐的「我」字才剛剛出口，他忽然察覺到一絲不對勁。

這不對勁，像是一條冰涼的毒蛇，沿著他的背脊往上爬升，這是他在血腥黑榜上經歷無數戰鬥，所生成的戰慄本能。

有地方不對勁。

九指丐困惑，昂起頭，觀察著眼前這群沐浴在晨光中的，英武戰士們。

他們的眼神依然專注，看著自己。

還是不對勁，哪裡不對勁？

這群眼神中，究竟哪裡不對勁？

「啊！」九指丐忽然低呼，因為他發現了，這五百雙眼睛中，閃過一絲不對勁的目光。

這是一抹帶著敵意的目光，更是一抹帶著笑意的目光。所以……

「所有人注意！」九指丐張口吼著，「戰士們，小心你們的周圍！敵人……還有敵人混在你們之中！」

敵人！還有敵人啊！

竟然有敵人，可以自由自在，藏身在這群勇猛的戰士之中？

九指丐張口呼喊，甚至伸出手，想要阻止眼前可能發生的悲劇。

但，他卻發現，眼前所發生的一切，像是一場慢動作，一場無法阻止的慢動作。

敵人，已經發動了反擊。

遊俠團戰士的核心，幾個人像是撞上了巨大的卡車，往兩旁翻滾彈開。

然後，這幾個翻滾的戰士，在空中抖動兩下，爆開。

正當所有人都同時起身，望向出事的區域。

那區域，竟然射出一道眩目的紅色光芒，筆直衝向天際，光芒成為一條長柱，紅得透血，紅得令人卻步。「紅色！工人法術！沒見過這麼紅的法術顏色！肯定破了六十五級！」九指丐吃了一驚，單腳往下一扣，身體如同失去重力般浮起，飄向那個騷動的地區。

可是，九指丐才踏出腳步，眼前的畫面，卻又令他愕然，速度不自禁的放緩。

因為他又再度見識到了，遊俠團的實力與應變力。

就在敵人這條血色長柱衝上雲霄之際，遊俠團的戰士們，嘴角同時露出一絲自信的冷笑。

「敵人是工人！」戰士們開始交錯移動起來，移動速度極快，偏偏亂中有序，「一個等級稍微高點的工人而已，竟敢這麼囂張？」

轉眼間，一個專門剿殺工人的陣法，悍然成形。

手無縛雞之力的士人和腦滿腸肥的商人如潮水般往後退開，提著電鋸和鐵鎚的工人自動上前，壯碩的肌肉互相摩擦，形成一道古銅色的霸者之牆。

把這個囂張的不速之客給圍在中央。

工人是近身肉搏的蠻物，全天下也只有工人自己可以擋住工人。

而退到後方的士人，胸口同時浮現藍光，藍光中法術書翩然現身，遠距離的法術待命，準備支援戰圈內部即將上演的激戰。

而農夫們的方圓百尺內，如巨蟒的綠色藤蔓破土而出，互相纏繞，將大地覆蓋到連一片黃土都看不到。

「結界」是陣法中的網子，一張讓敵人插翅也難飛的網子。

「好！」九指丐忍不住高聲讚美。「好高明的軍略戰術！」

這複雜的陣行變化，竟然只在短短的數分鐘內完成，敵人成為了籠中鳥、甕中鱉，深陷固若金湯的遊俠團包圍網中了。

但，事情真的那麼簡單嗎？這敵人，如果可以躲過剛才薔薇團和遊俠團激戰的流彈，又可以巧妙的隱藏身分，不被身邊的戰士發現，是不是就表示……他的實力，其實凌駕在遊俠團之上？

「好陣法，好夜王。」包圍網的中心，一個細膩而溫柔的笑聲傳了出來。「如果真可以，真想拿下你的面具，和你好好聊天呢。」

「喔，是女生？如果妳願意，乖乖束手就擒，我可能會考慮一下，和穿著囚衣的妳，好好喝點便宜的紅茶，當然，錢可要妳出。」九指丐回答，不改乞丐本色。

「因為，真抱歉，我的口袋空空哩。」

「束手就擒？」包圍網中的聲音輕笑，沒有一絲一毫退縮的語調。

「這，可就不符合本團的作風了。」

「哈……妳以為妳還有討價還價的餘地嗎？」九指丐的話說到一半，忽然……

戰場上傳來一聲尖銳而高亢的號角聲，穿破重雲，直上天際，久久不息。

而這號角的聲音，正是來自那名被包圍的敵人。

「號角聲？妳想要求救？難道妳有援軍在外頭？」九指丐抓了抓頭髮，向遠方看去，「可是，我沒看到半個人啊？」

「很抱歉，並不是求救。」那人嘻嘻一笑，「這聲號角，就是我的武器呢。」

武器？

號角竟然是武器？

「有這麼神奇嗎傑克？」可是，當九指丐抬起頭，剎那間，他的瞳孔瞬間收縮了。

因為，在他眼前的畫面，實在太過令人震驚，太讓人震驚了。

「妳，妳究竟是誰？」九指丐聽到自己急促而厚重的呼吸聲，「妳明明不是黑榜妖怪，卻擁有這樣的力量？妳究竟是誰？」

第一位天使吹號角，就有攙著血的火和冰雹降到地上，燒毀了三分之一的地面、三分之一的樹和所有的青草。

出自《聖經・默示錄》

九指丐仰著頭，瞳孔收縮，這是人類見到不可思議現象時，無法抗拒的自然反應。

這片晨光燦爛的天空，因為這聲號角，下起了雨。

而且，雨珠閃爍著冽光，而且隨著下墜的距離，開始急速旋轉，越轉越快，越轉越快……

最後，轉成銳利的六角形冰刃。

天空佈滿白藍色的冰刃，密密麻麻，閃閃晶光，如此美麗又如此戰慄。

「這是，冰雹？」九指丐張著嘴巴，「你招喚冰雹？這究竟是什麼法術？竟然可以操縱自然現象？」

「不，這不是遊戲中的法術。」那女生搖頭，「這是我們自創的。」

「自創的法術？」九指丐更是吃驚，「妳沒有半絲妖氣，肯定不是黑榜妖怪……妳到底是誰？」

「我啊。」那女生嬌笑兩聲，「你猜猜啊，夜王。」

這幾句對話尚未結束，就被一聲清脆的碎裂聲給打斷，因為，天空中的第一顆冰雹，已經落到了地面上。

錚然一聲，尖銳的冰塊破裂聲，貫穿了所有人的耳膜。

更讓所有人的心臟，隨之收緊。

「所有人，就地找掩蔽！」九指丐發出狂吼，發出了他擔任夜王首次的閃躲命令。「冰雹，馬上就下來了！會砸死人的！」遊俠團戰士仰起頭，看著天空中，無數閃爍晶亮藍光的冰雹，像是迷醉的星空，瞬間傾倒下來……

如此美麗，如此殘暴，彷彿是天使的怒火，以這樣燦爛的方式降臨人間。

「農夫，你們在哪？」遊俠團的戰士互相拉住肩膀，一起朗聲喊道。

他們沒打算放棄，因為阿努比斯可沒教過他們逃跑這件事。

「在！」所有的農夫同時答令，並且從人群的外側開始聚集起來。

「張開結界！」

戰士們的隊形再度變化，農夫被聚到中央，工人圍在周圍，肩靠著肩，手拉著手，以身體護住整個隊形，要以他們強壯的身體保護所有的玩家。

「得令！」農夫齊聲大喊。超過一百個農夫，不約而同，整齊劃一，同時張開了手上的綠光。

綠光綻放，互相盤繞脹大，急速匯聚起來。

農夫每個人都是豁盡全力，都是戰戰兢兢，因為他們知道，五百名戰士的性命，已經全數都交到了他們的手上。

「上吧！」工人們大吼，「我們保護你們。」

百位農夫齊聲大吼，「農夫系法術，遮住天空的大樹！」

這聲百人嘶吼剛過，百道綠光在南陽街此起彼落的閃爍，有的綠光微弱只有掌心能見，有的綠光則強大到直射入天空……所有的農夫，無論強弱，都全力投入了這個法術！

而這法術一被啟動，地面忽然震動，隆起，接著從地底上冒出一株小樹苗。

「士人！換你們了！」戰士們默契十足，同聲喊道。

「得令！」躲在工人背後的士人，義無反顧的竄出來，手上藍色法術書快速翻動，啪啦啪啦的書頁抖動聲，停了。

所有人，都停在同一頁。

「出來吧，士人書，『如何養出一株好植物！』。」

每本書中都升起一道藍色光芒，然後百人的藍色光芒一起升上了天空，匯聚之後，再灌入了綠色樹苗之中。

這株小樹苗在綠光和藍氣的催生下，像是吃了超級生長激素似的，越長越大，越長越高，樹幹急速抽高，枝枒蔓延，樹葉增生，不斷往天空蔓延而去。

只是轉眼，百人合抱大樹，已然成形。

天空中，大樹的枝葉像是開傘似的，急速往兩旁擴張，樹葉連結樹葉，枝枒盤據枝枒，形成一大片碧綠色的樹蔭，遮去了半邊天空。

就在樹蔭蓋住底下遊俠團戰士的這一刻，來自雲朵的殺手級冰雹雨，也同時抵達了。

「我的媽啊。」九指丐看著天空，嘴角一絲唾液悄悄流下。「夜王到底交給了我一個什麼樣的戰鬥隊伍啊？」

咖啦！咖啦！咖啦！咖啦！咖啦！咖啦！

咖啦！咖啦！咖啦！咖啦！咖啦！咖啦！

密集的撞擊聲，蓋住了所有人的雙耳。

樹枝被冰雹震斷，樹葉被冰雹穿透，變成遮住天空的落葉，而冰雹也被大樹震碎，撞歪，變成點點雨珠。

冰雹和大樹，這兩股自然界的強大力量，在南陽街的天空，精采而暴力的對決著。

底下遊俠團的戰士們，只看見混雜著水與樹葉的物體，不斷落下，可見天空中冰雹與大樹的纏鬥，是多麼劇烈。

一百多名農夫和一百多名士人個個精疲力竭，坐臥在地上，而他們的頭上，是強壯的工人們的肩膀，肩膀早已被冰雹碎片擊得又紅又腫，但是沒有人移動分毫。

而工人的更上頭，則是商人呼喚出來的殭屍和怪物們，他們才是真正的第一道盾牌，身體穿孔也不會痛的他們，減緩了冰雹的猛攻。

終於，喧囂的撞擊聲終於趨緩……

這場驚天動地的戰役，接近了尾聲。

除了少數冰雹被大樹撞歪，帶著毫無傷害性的速度，落在南陽街的臭水溝外，剛才佈滿整個天空的冰雹，已經被抵消殆盡。

這場自然界兩大力量的對決，最後終於是大樹獲得了勝利。

「我就說，中國人講五行，水能助木，你用冰雹打大樹，擺明了是替它澆水啊！」九指丐咯咯的笑著，用手比著剛才神祕敵人所在的方向，露出馬後砲的囂張。「是吧？」

只是，九指丐這聲詢問，卻出乎意料的……沒人回答！

「咦？」九指丐猛然抬起頭，注視著剛才包圍網的核心。

包圍網，早就在剛才轉換陣形的時候瓦解，地上僅存幾個倒地昏迷的戰士，而其他人也因為這場冰雹之雨，而分散了注意力。

沒人察覺這個敵人，究竟是什麼時候突破重圍，悄悄溜出去的。

「可惡，剛才的冰雹之雨只是幌子？這小妮子真正的目的是要溜走？」九指丐睜大眼睛。

「所有人聽著，她肯定還溜不遠，注意你們的周圍！她可能還藏身在你們之中！」

「剛才的冰雹雨是非常耗能量的法術，她身為施術者，不可能離開這裡太遠，她一定還在這！而且我相信她的力量也快消耗殆盡了。」

只是，正當九指丐正要命令戰士們進行地毯式搜索之際。

忽然，他的背後，竟然傳來一個嬌柔而甜美的女音。

「嘻嘻。不愧是夜王，真的被你猜到了哩。」

九指丐只覺得，背上所有的寒毛都同時豎起，因為，他感覺到一個柔軟而充滿力道的掌心，正按在自己的背上。

背部的命門。

竟然被對方抓在掌心。

這神祕的女孩，究竟……究竟是什麼樣的人物？

就算是自己粗心，也不該落到這步田地才是。

「妳有這樣的實力，偏偏又不是我所熟悉的黑榜妖怪，妳是伊西斯那方的人馬？還是印度濕婆底下的刺客？」九指丐聲音放低，殺氣騰騰。「我告訴妳，不管妳是哪一邊的，我都有靠山，妳惹我，妳會死得很難看。」

「嘻嘻，怎麼剛才明察秋毫的夜王大人。現在說的話，讓人聽攏無。」女孩悅耳的笑聲，在九指丐的耳後如銀鈴般響起。「什麼黑榜？什麼伊希斯？什麼濕婆？我怎麼都沒聽過，是一種新的轉蛋遊戲嗎？」

「咦？妳都不知道？」九指丐只覺得頭昏腦脹，「那妳到底是……？」

「我啊，」女孩把嘴巴靠在九指丐的耳朵邊，輕輕說道：「是天使團的雙翼天使，而且，還是你的頭號粉絲呢。」

「咦？」九指丐呆住。「粉絲？」

「從你還沒組出遊俠團開始，我就注意到你囉，夜王，你的每件事蹟，都被我記錄下來。」

女孩嘻嘻的笑著。「我還收藏了你所有的東西喔。」

「啊？所以……」九指丐這一剎那明白了，這女孩迷戀的是阿努比斯，是這副面具和黑色大衣的真正主人。

「不過，你好像沒有想像中厲害，一定是保留實力吧？但是，你的隊伍好強，真的打起來，恐怕我團也都沒有絕對的勝算哩。」

「妳團？」九指丐忍不住問。「妳是哪一團的？」

地獄遊戲中，還有一團藏有這樣的高手，偏偏又這麼名不見經傳。

「不告訴你，嘻嘻。」女孩笑著說。「來，把手張開來。」

「為什麼？」

「不會害你的啦。把掌心打開。」

九指丐遲疑了一會，一向老謀深算的他，不知道怎麼了，竟然毫無反抗的張開了手掌。

接著，九指丐感覺到自己的掌心，被塞入了一個溫暖的線織物體。

「這是？」

「噓……」女孩的聲音倏然往後飄去。「等會再看喔……」

感覺到女孩聲音飄遠，九指丐急忙回頭，卻見到女孩白色的身影，已經遠到剩下米粒大小，在遙遠的天際。

「妳！」

「別追了，你們遊俠團追不上我的，嘻嘻，對了，你問我是哪一團的？」女孩的聲音，遠遠的從天空那端傳來。「我是西方的那一團啦，猜對了嗎？」

西方的那一團？

「妳是天使團！」九指丐張大嘴巴。「台北城的第一軍團，最神祕的軍團？」

「那個禮物好好留著，相信我，將來它會幫你很多的，夜王・啵。」女孩做出了一個飛吻的動作。

然後，就這樣消失在遠處的天空中了。

看著女孩逐漸遠離，九指丐低下頭，見到掌心的那份「禮物」，原來是一個針織的娃娃，背後兩對翅膀，顯得非常可愛。

九指丐腦海一陣混亂，想起剛才女孩用冰雹雨逼住遊俠團戰士的那種威勢，又悄悄扣住自己命脈的那種巧思，以及那如銀鈴般的笑聲。

莫名的，九指丐內心升起一股無法言喻的奇異感受。

明明該是憤怒的時刻，嘴角卻忍不住上揚。

忽然，九指丐有種奇怪的想法。

「這禮物，不如就自己收藏好了吧，一點都不想給阿努比斯了。」

這裡，是一片黑暗。

法咖啡和這名來歷不明的粗豪漢子，正在這片黑暗中摸索著。

「妳，妳叫，什麼名字？」粗豪漢子跟在法咖啡的背後，問道。

「我叫做法咖啡。」法咖啡微笑。

「法，咖啡？法咖，啡？」漢子喃喃唸了兩遍，「妳的名字，和一般人，不同。」

「喔？怎麼說？」

「像飲料。」粗豪漢子說，「不像，名字。」

「呵呵，好像是欸。」法咖啡笑了。「不過，我自己倒是很喜歡這個名字，法咖啡法咖啡，就像是法式咖啡一樣，是一種牛奶很多的咖啡。」

「妳，和其他人，也不同。」

「我和其他人也不同？這是什麼意思？」

「其他人，在黑暗，都會害怕。」粗豪漢子說。「但，妳不怕。」

「是啊，我不怕。」法咖啡在這片微微震動的黑暗中，找到一個舒服的角落，抱膝坐下。
「因為，我心裡一直相信有個人會來救我。」
「有個人，救妳？」
「是啊。」法咖啡閉上眼睛，那個矯捷而強壯的黑色大衣背影，那個神祕的木雕面具，浮現在她的腦海中，「那個人，是我的老大喔。」
「老大？」
「他的名字也很棒，不在我之下。」法咖啡微笑，「他叫做夜王。」
「夜，夜王！」粗豪漢子身體一震，聲音也跟著抖動起來。
「你認識夜王？你認識我家老大？」法咖啡察覺異狀，追問。
「不，不認識。」粗豪漢子扶住自己的頭，用力皺眉，「但，我似乎，曾經聽過，這名字。」
「嗯。」法咖啡說，「他的名氣在台北城，是還蠻響亮的。」
「他，的名字，聽起來，似乎不弱。」
「是啊。」法咖啡雙手抱住膝蓋，在伸手不見五指的黑暗中，舒緩而安心的搖晃著自己身體。「他很強，所以，他一定能殺敗討厭的蟾蜍和白骨女，前來救我的，一定！」

第六章《濃霧》

新竹。城隍廟——

這座在新竹享有數百年歷史的一級古蹟，此刻也被突如其來的濃霧捲入其中。

但，霧雖濃，廟口兩人，卻悠然泡茶對飲。

「好好的天氣，卻起霧了。」其中一人穿著官服，黝黑的面容兇惡但不失正氣，手指夾著上好紫藤壺，替另一個人斟上了半杯茶。「來，喝點茶消消寒氣……默娘。」

另一個人，一頭銀髮，穿著樸素的粗布麻衫，像是打魚人家的婦女，雖然如此，卻仍掩不住她那從儀態中，所散發出來的慈悲與聖潔氣質。

她是默娘，更是台灣人民崇仰的海上守護神，媽祖。

「城隍。」默娘搖頭，纖細手指拿起了茶杯，不愛說話的她，說話簡潔。「這霧，有古怪。」

原來，這個身穿官服，泡著一手好茶的男人，就是在新竹香火鼎盛的城隍爺。

而媽祖和城隍爺兩人之所以會在這裡，則是因為察覺到地獄遊戲的古怪，追入了遊戲之中，反而被遊戲所困住，之後更被印度破壞神濕婆發現，在地下道三人展開激戰，實力的差距讓默娘慘遭敗北，負傷遁回新竹城隍廟中。

之後，媽祖更不顧自身傷勢，以修為百年的靈力為引，助少年H一臂之力，讓少年H跨入「可視靈波」的境界。

如今，兩人就算潛居在城隍廟中養傷，卻依然關心外頭瞬息萬變的戰局變化。

「古怪？」城隍爺搖頭，替自己斟了半杯茶。

幾絲青翠的茶葉，在微綠的茶水中，隨著水流輕盈舞動，伴隨著讓人精神一爽的香氣，這是無論色香味全都齊備的好茶。

「霧，靈力。」媽祖只說了這三個字，雙手捧起黑陶鑄成的茶杯。

「霧中有靈力？妳是說，這霧不是自然現象，而是有人靈力佈成。要佈出這樣的大霧，如此濃濁，範圍又大，這人靈力不得了啊。」城隍爺皺起眉頭。「而且，這霧中殺機四伏，似乎是敵非友……」

「就怕，是濕婆。」

「我看多半是，而且少年H恐怕有危險。」城隍爺放下茶壺，沉思了半晌。「我剛泡茶的時候，就覺得心裡很不安穩，茶是一種神奇的植物，能推算古今未來，故有『茶柱』占卜之說，而我的茶柱，卻算出少年H恐怕將遇到難以想像的大劫。」

媽祖沉默了一會，吐出了難得的四個字。

「我們去救。」

「救當然是得救。」城隍爺嘆氣，「只是憑我們現在兩人的力量和傷勢，我們能做什麼？濕婆老謀深算，一步一步瓦解少年H周圍的助力，貓女先傷，狼人T被引開，吸血鬼女恐怕也遇到難纏對手，又剩下我們兩個老弱殘兵，然後，濕婆才能專心對付少年H啊。」

「……」媽祖閉上眼睛一會，彷彿在深思，可是旋即她眼睛又睜開，雙眸中盡是捨身為人的慈悲。「還是該救。」

「我知道。」城隍爺苦笑，放下茶壺。「我只是希望，我們先想出好辦法，既然我們不能和濕婆硬碰硬，看看還有什麼其他辦法，不要急著送死。」

「恐怕，會太遲。」媽祖搖頭。她何嘗不知道城隍爺的考量，他們倆原本就不是濕婆的對手，更何況此刻還是受傷之身。

但，少年H的危機迫在眉睫，如果還要等待什麼好時機，就怕錯過救少年H的唯一機會啊。

想到此處，媽祖才會堅持要去。

這是犧牲自己，在喜怒無常的汪洋中，保護千萬航海者的母愛，這就是令人佩服的媽祖。

「我知道妳的考量……」就在城隍爺正要繼續說服媽祖之際……

忽然，城隍廟的門外，傳來一個讓人耳膜一震的爽朗男子聲音。

「好茶！好香的茶！」

媽祖和城隍爺互看了一眼，都在對方眼中找到無比的驚訝。

「是誰？竟然能找到這座廟？來人，究竟是敵是友？」要知道，新竹這座城隍廟，是城隍爺費盡一身靈力所搭建的堡壘，對外能掩蔽群魔目光，對內則能調養生息。當初少年H能找到這座廟，也是城隍爺親自打開這道門。只是，這座他們最引以為傲的堡壘，竟然被一個人闖入？這人，究竟是好友？還是敵人？

「好香的茶。」那人爽朗的大笑，「可惜我那天上人間第一漂亮的妹妹沒來，不然，她一定愛死這茶了。」

妹妹？城隍和默娘對望了一眼。這人提到的，是自己的妹妹嗎？總是認為自己的妹妹，是天上人間第一美女的哥哥，除了「那個人」之外，還會有誰？

如果真是「那個人」來了……

以這人的力量，無疑是整個正派人士最強大無比的助力。因為他不但是鬼王，還是中國從古到今，最大名鼎鼎的抓鬼好手。

「鍾馗大哥！？」默娘率先起身，雙手持杯。「是你嗎？」

「默娘，城隍。」那聲音越來越近，伴隨著豪氣的腳步聲，在濃霧中現身了。「我一聞這茶香，就知道是老朋友在泡茶了。」

濃霧中，高大的身影浮現，又黑又醜的老臉，一根一根如鋼針般的鬍鬚，銅鈴眼，粗劍眉，身穿狀元官服，手提一支巨大毛筆。

不是鬼道之王，鍾馗，還會是誰？

「鍾大哥！」城隍爺開心大笑，急忙倒了一杯熱茶，「你怎麼會來？怎麼會進到地獄遊戲？」

「說來話長，說來話長。」鍾馗大笑，毫不客氣的拿起桌上的茶杯，仰頭喝乾。「因為城隍老弟的茶太香了啊，把我給引來了，我說啊，就可惜我那漂亮的老妹不在，不然她一定會愛死這茶的。」

默娘和城隍爺互望一眼，大喜之色溢於言表。

鍾馗的實力強横，威震鬼界，他來到地獄遊戲，那是不是表示，少年H命不該絕？

眾人喝了幾杯茶，城隍爺開口了。

「鍾馗大哥，我們有件事想拜託你。」

「嗯？」鍾馗看著城隍，又轉頭看了一旁的媽祖，兩人的眼神都是難掩的惶急。「我們是兄弟，沒什麼事情好瞞的，說吧。」

「我們一位小兄弟，叫做少年H，此刻他正和濕婆對陣，恐怕凶多吉少！」城隍爺說，「我和默娘兩人上次被濕婆擊敗，苦吞了重傷，加上力量不足，無法前去救援……所以……」

「所以，你們想找我去救那個少年H？」鍾馗用手指輕輕搖著窯製成的陶杯。

「正是！」

「那個少年H，是不是就是曾經加入獵鬼小組，宋朝的那位張師父？」

「沒錯！」城隍爺和媽祖點頭。

「呼，這樣算是自己人啊。」鍾馗仰頭飲盡杯中茶。「好，我答應了。」

聽到鍾馗願意出手，城隍爺和媽祖都露出欣喜的表情，朗聲道：「謝謝鍾馗大哥！」

「這種事，幹嘛道謝，我們三個還要說這些嗎？」鍾馗揮了揮手，衣袖一甩，轉身就要離開。

只是，鍾馗才剛要步出這座城隍廟大門，卻忽然停步，歪著頭，看著眼前這片大霧，似乎在思考著什麼。

「鍾馗大哥……」城隍爺和媽祖疑惑的看著鍾馗的特異舉止。

「這霧，說是妖氣嘛，又不夠邪。說神力嘛，又太蠻橫。但是肯定是敵人的靈力吧？」鍾馗皺眉。「我說得沒錯吧。」

「沒錯。」

鍾馗說到這，仰頭看著這座城隍廟。「這座三百年的城隍古廟，數百年來信徒不斷，加上地靈人傑，可以說是一道最佳的保護罩，也應該是這些日子以來，濕婆找不到你們的原因。」

「嗯。」媽祖點頭。「正是如此。」

「但是，」鍾馗轉頭，凝視著城隍和媽祖，大銅鈴眼中炯炯黑光。「敵人的霧，已經滲入廟中了，你們該知道，這是什麼意思吧？」

「滲入，廟中？」媽祖和城隍爺聽完，心臟同時噗通一跳。

隱匿兩人身形的大廟，被敵人的濃霧滲入……是不是表示說，敵人很可能已經發現這裡了？「默娘，城隍。」鍾馗抽起背上的大毛筆，開始往前邁步。「我離開之前，奉送你們一句話……」

「什麼話？」城隍問。

鍾馗猛吸了一口氣，靈氣在胸腹間游動，然後，他以銅鐘般的嗓門吼道：

「快，走！」

「快，走！」

鍾馗的怒吼，如暮鼓晨鐘，如春雷乍響，響徹濃霧中的這座大廟。然後，奇怪的事情發生了。

廟，竟然開始震動起來。

雕琢精細的上樑中，撲簌撲簌，掉下了數十隻黑色的小妖怪。

這些小妖怪形態類似蜘蛛，有的從樑柱摔下就已經斷氣，而有的卻掙扎要爬起來，有的更張開他們的八隻爪子，試圖攻擊廟下的三個人。

「鍾大哥好嗓門。」城隍爺見到這些蜘蛛妖怪，不怒反笑，抽起背後的降魔棍，「這廟，果然已經被妖怪滲入了。」

「啊，小心！」默娘低呼。

小蜘蛛怪們發出尖細而刺耳的聲音，從地上彈起，撲向城隍爺，城隍的降魔鐵棍一掃，立刻把蜘蛛怪打成一團黑色爛泥。「這種小妖小醜，也敢來這裡獻醜？」

「還有！」默娘也跟著出手，橙色靈光乍現，地上殘存的蜘蛛怪，立刻被淹沒沖走。只是，在兩人聯手滅妖的同時，更多的小蜘蛛卻從牆角和門邊不斷湧入，在濃霧的掩護之下，剎那間就填滿了廟門。

「這些小蜘蛛是嘍囉。」鍾馗皺眉，毛筆一掃，數十隻黑蜘蛛被橫空掃起，在空中爆破。

「他們肯定是大妖的前驅部隊而已。」

「蜘蛛精？」城隍爺冷笑，「在我們三個面前，還有蜘蛛精敢來作祟？」

「就怕，不是蜘蛛精而已。」鍾馗開口。

「鍾大哥，你先走。」城隍爺說，「這裡我們挺得住。」

「可是……」

「不過就只是蜘蛛精而已啊！」城隍大笑，手上的鐵棍越舞越快，化作一圈又一圈灰色的螺旋，將不斷翻湧而來的蜘蛛，打得支離破碎。

城隍從進入地獄遊戲之後，所承受的一肚子鳥氣，終於在這刻得到了發洩。

「好，我先走，但是，你們一定要趕快離開這裡。」鍾馗一收毛筆，直直踏過蜘蛛群，那些蜘蛛承受不住鍾馗腳底的靈力，紛紛退開。

「沒問題。」

鍾馗一點頭，穿過廟前的廣場，就要離開廟門之際——

忽然，他聽到了他的背後，傳來一聲不對勁的聲音。

卡擦一聲，有如硬物被瞬間鋸斷。

他才回頭，迎面而來的，竟然是急速飛來的半截鐵棍。

鍾馗單手抓住鐵棍，內心一凜。「這是城隍兄弟的棍子？」

鍾馗急奔回去，他卻發現滿地的蜘蛛精屍體，竟然都已消失。

更可怕的是，默娘和城隍竟然都不見了。

地上，僅留下一條觸目驚心的黑色拖痕，泥濘的黑色殘渣，飄出濃厚的惡臭。

「好臭的魔氣。」鍾馗凜然的看著地上的拖痕，心中卻是無比吃驚。「和大霧的靈力同源同種，同有印度古老氣息，性質卻完全不同。」

更讓鍾馗吃驚的事還在後頭，因為他這兩個老友，雖然不算撼動天地的大神，好歹是獨據一方，除妖降魔的高手。

撇開城隍爺不談，默娘一手橙色靈波，已經跨入可視靈波的最初境界。

鍾馗走到廟門口，不過短短的一分鐘時光，竟然連默娘都在無聲無息之中，被敵人從暗處拖走。

這敵人，未免強得太可怕了吧！

這敵人，又和剛才滿地的黑色蜘蛛有什麼關連？

「來者，可是濕婆本人？」鍾馗一握毛筆，擺出迎戰架式。

霧中，沒有人回話。

「來者，是何人？」鍾馗提聲問道。「是高手，就不要藏頭藏尾。」大霧中，依然沒有回聲，只是，卻多了一個嗡嗡的聲音。

這聲音平板而單調，反覆的唸著一句話……

「般若波羅蜜，般若波羅蜜，般若波羅蜜，般若波羅蜜般若波羅蜜般若波羅蜜般若波羅蜜般若波羅蜜般若波羅蜜般若波羅蜜般若波羅蜜般若波羅蜜……」心經？怎麼會是佛教聖典中的心經？

來者，究竟是敵是友？為什麼朗誦遠古的真言？

可是，鍾馗只聽了一會，卻感到頭暈目眩，明明是平靜心靈的真言，卻在這大霧中，讓鍾馗渾身感到不對勁。

因為這般若波羅蜜，每個音節中隱藏著充滿惡意的靈力波動，就算是收服過無數鬼怪的鍾馗，都感到毛骨悚然。

想到此處，鍾馗更是怒極，用力吸了一口氣，嘴一張，震魔聖音再度出口！

「給我破！」

聖音橫空而出，蘊含強大鍾馗靈力，和「般若波羅蜜」一撞，明明就是無形無體的聲音，卻震得廟宇一陣搖晃。

搖晃之中，鍾馗終於聽到了這個敵人的聲音。

「……好一個鍾馗，以音破音。」那聲音端莊持重，形成一股強大壓力，直壓住鍾馗。

「但是，你也未免過於大膽！」

「哼，大膽？」鍾馗一舞巨大毛筆，「哪裡來的妖魔小丑？報上名來！」

「般若波羅蜜，般若波羅蜜……」那聲音的真面目，慢慢從遍佈濃霧的廟中浮現出來。

「大膽逆徒，竟然連本佛都不認識了！」

「什麼本佛？我看你是本爛……咦？你……」鍾馗一見到對方的模樣，眉頭登時皺起。

「這副模樣？你究竟是……是魔？還是……佛？」

是魔？還是佛？

這敵人，外表是一尊讓人崇敬的女菩薩，頭頂智慧蓮冠，身穿得道袈裟，雙眼寧靜閉起，額心一珠紅砂。

而此怪物的背上，則是六隻纖細優美的手臂，或快或慢，或舉起或落下，或伸直或拍動，動作複雜而優雅，美到讓人目不轉睛。

不僅如此，這美麗的怪物還盤腿坐在一朵大蓮花上，大蓮花凌空漂浮，透出陣陣濃郁花香。

她，正是坊間民眾信仰的「千手觀音」的模樣。

只是，眼前這怪物卻和千手觀音有著一關鍵性的差異。

顏色。

她是，黑色的。

眼前的怪物，就算姿態再高雅，儀態再聖潔，她的全身上下，卻是清一色的黑。

純然的黑色。深沉的黑色。霸氣的黑色，讓人畏懼的黑色。

黑色的千手觀音？如此集聖潔與邪惡為一體的迷人外表，鍾馗感覺到手心盡是冷汗。

「妳到底是誰？」鍾馗緊握住手上的毛筆，遲疑著。

「本佛是來自古印度的千手觀音，你這中國的逆徒，連佛教的源頭是印度都不知道嗎？」

「是……可是？」鍾馗見到眼前這尊黑色的千手觀音，腦海一片混亂。

「見到佛教正宗，還不跪下！」黑色千手觀音嘴不開，唇不動，話語聲卻清楚的從濃霧中透入了鍾馗的耳內。

這聲音直接灌入鍾馗腦海之中，干擾心神，加上中國人對佛陀形象根深蒂固的尊敬，鍾馗的膝蓋一軟，竟然就要跪下。

「不可！鍾馗大哥，萬萬不可！」

就在鍾馗的意志即將渙散之際，一個聲音打斷了他的心神。

隨即，一根銀灰色的鐵棍破空而出，直射向這尊黑色千手觀音的臉龐。

「又一個逆徒，剛才沒抓到你，自投羅網了啊。」黑色千手觀音的臉不動，身不動，只是嘴巴張開，吐出了一口氣。

氣中夾著剛才的五字真言。

「般若波羅蜜！」

鐵棍撞上這聲音，竟然在空中凹成兩半，反彈了回去。

而且，千手觀音嘴角冷笑，六隻手中的一隻，像是一條蟒蛇般，不斷延長，追著鐵棍竄了出去。

在空中，這隻手越過了鐵棍，轟然一聲，插入了廟旁的牆壁裡面。

然後，手一收，就這樣從破牆中，提了一個人影回來。

一見到這人影，鍾馗不禁失聲喊道：「啊！城隍兄弟！」

只見城隍被千手觀音的手攫住，竟像是中了劇毒般動彈不得，只是嘴角抽動了兩下，吐出了兩句話。

「快走。」城隍苦笑，「鍾馗大哥，快走。」

說完，城隍臉一黑，頭歪到一邊，就此不動了。

「城隍兄弟！」鍾馗從剛才的恍惚中清醒，手上毛筆使勁揮出，靈力凌厲的永字八法，破空而出。

正是「橫」劃。

由左至右，一筆橫寫天空，如同一彎橫月，劃向這座黑色的千手觀音。

「逆徒！不可教！」黑色千手觀音嘴不動，身不動，這次三手同時竄出，三手繞過橫劃的氣勁，攻向鍾馗的上中下三路。

「好傢伙。」鍾馗手上的毛筆再揮，一個漂亮的「豎」，這是一筆由上至下，氣勢萬千的一筆。鍾馗這一筆從頭頂直劃到了地板，鋒銳的毛筆氣勁，剛好破了上中下三路的手。

「看你還有……」鍾馗沒得意多久，卻赫然發現，眼前的千手觀音，原來六手都已經出盡。

既然六手盡出，那剩下的三手在哪裡？

剁，剁，剁，鍾馗腳底的地板上，三個裂縫同時張開，三隻細長的手伸了出來。

這三手眼看就要抓住鍾馗的下盤，讓這一代鬼王淪陷於此……可是……

「橙之海，可視靈波！」

鍾馗的後方，一個清朗的女音傳來，伴隨著一股如同海浪般的橙色靈波，翻湧而來。

地上這三隻手，一觸到橙色海洋，就像是被灼傷似的，冒出陣陣的黑煙，縮回了地底，回到了黑色千手觀音的身上。

「默娘！」鍾馗回頭，看見眼前這個傷痕累累的戰友。

「鍾大哥，走。」媽祖擋在鍾馗的面前。「這妖，太厲害。」

「開玩笑，除妖正是我的本業。」鍾馗往前一站，擋在默娘的前面。「不過這妖怪到底是什麼來歷，似乎不單是魔氣，還有神力混雜其中，讓人迷惑。」

「我猜，也許是濕婆。」

「濕婆？」

「濕婆派出的四大刺客中，純粹邪惡力量的化身。」媽祖雙手的橙色靈波越來越洶湧，越來越脹大，「羅剎王。」

「羅剎王？」鍾馗一凜，這名字在地獄中雖不算有名，卻隱約是一位入魔的佛陀。

「鍾馗大哥，」媽祖雙手的橙波已經到了極限，她站到了鍾馗面前。「請你走吧。」

「我怎麼能走？」鍾馗著急緊握手上毛筆。「我怎麼能棄你們於不顧。」

「走。」媽祖輕輕搖頭，慈祥的一笑。「你還有更重要的任務。」

「啊？」

「去救少年H。」

「……」

原本話少的默娘，難得話多起來。

「濕婆對付少年H，一定是察覺了什麼，少年H和阿努比斯，會是決定整個地獄遊戲勝負的關鍵。」

「我走，那你們……怎麼辦？」

「我們生來為人，卻在無數試煉中，有幸成為神，本來就是為萬物福祉所努力。」默娘說到這裡，嘴角淺淺的微笑起來。「一死，又算什麼？」

見到默娘這個微笑，鍾馗忽然內心無比激動……這樣的微笑，包含了大無畏的慈悲，包含了對世事的透徹，更包含了自我犧牲的勇氣。

這微笑，太美，也太悲傷了。

當初，默娘決心要為討海人點一盞明燈，毅然跳入汪洋中，就是這樣微笑的嗎？

「不可以！」鍾馗怒吼，他提起毛筆，就要阻擋默娘。

而默娘依然微笑著，然後，她的眼睛睜開了。

橙色的靈波，就在她睜眼一剎那，如雷霆爆破，如狂風雹雨，猛然脹大！

「咦？」黑色千手觀音只覺得，眼前忽然蔓延開來一大片橙色光芒。「竟是這麼厲害的逆徒啊！被吾打得重傷，還不知悔改？」

「鍾馗大哥！走！」橙光中，默娘狂吼。「走！去救少年H！」走！

鍾馗忽然覺得身體失去了平衡，被默娘的靈力往後衝去，像是風箏一樣飛了起來。

橙光宛如傾倒而出的岩漿，夾帶著毀滅一切的熱氣，從默娘的身體暴湧而出，夾帶著驚天毀滅的氣勢，全數衝向了千手觀音。

「逆徒就是逆徒，就這點程度？」黑色千手觀音冷笑。「你可知道，當年濕婆要統一印度神界，孔雀王、哈奴曼，以及象王都是他的下屬，而唯一能夠阻止他統一的對手，是誰？」是誰？

橙色的岩漿在廟中不斷暴湧，升起一道半天高海浪，不斷翻湧上升的橙色岩漿，累積出駭人高度，眼看就要把黑色千手觀音給吞沒。

「是我啊。」黑色千手觀音得意的狂笑。「我不只是濕婆的手下而已，更是和他纏鬥千年的對手啊！」

說完，橙色的岩漿海浪，垮啦一聲，像是千萬隻餓虎撲向目標，像是絕無可能妥協的死亡衝刺，撲向了黑色千手觀音。

「我是羅剎王啊！」黑色千手觀音狂笑，「我是真正的魔神啊！」

剎那，淹沒了黑色千手觀音。

「吼！」默娘睜著眼睛，看著以自身性命為代價，所釋放出的驚人橙色靈海，波濤洶湧，全數沖向這個外貌如同觀音的羅剎王。

可是，就在這個應該大獲全勝的時刻，默娘臉上那安詳的微笑，卻變了。

默娘的笑，變得有些澀，有些苦。

「果然厲害，羅剎王，果然厲害。」

這句話剛落，眼前這片橙色熔岩煉獄，浮出了一個頭，黑色的法冠，額頭一顆血紅色的丹珠……這是羅剎王的頭啊！

面對如此雷霆萬鈞的力量，羅剎王卻像是不受影響，他的頭，慢慢從滾燙的橙色海浪中升起。

頭浮出水面，身體也跟著浮出。

羅剎王，毫髮，無傷！

面對如此可怕的橙海攻擊，結果竟然是，毫髮無傷。

黑色千手觀音的手伸出，抓住已經精疲力竭的默娘。

「逆徒，沒想到吧？」羅剎王笑著，「我的實力竟然如此強大？」

「我不懂。」默娘苦笑。「你不該毫髮無傷才對？可視靈波，怎麼可能一點都傷不到你？我不懂，除非……」

「除非？」

「除非，是你的特殊能力。」

「聰明，可惜，聰明的人都得死。」羅剎王抓住默娘的手用足了力量，默娘只覺得咽喉一陣窒息。

死亡的感覺，這一剎那，充滿了默娘的腦海。

我快死了嗎？

當初，我在港口日夜企盼父親的船，就算風雨也阻擋不了我的決心，最後淹沒在突然出現的大浪中……是不是也是這樣的感覺？

海水淹沒了口鼻眼睛，回憶也隨著海水灌了進來……不會痛，只是莫名的懷念。

懷念父親，懷念母親，懷念家鄉的一切，懷念每個曾經對自己微笑的海上男兒。

我不後悔，因為我做了對的事。

我讓鍾馗去救少年H，少年H是我見過最有資質的高手，他的潛力無窮，有天也許可以超越眼前這些神魔，如果少年H能超越自己的心魔，能平安度過這個劫難……

我不後悔。

犧牲並不可怕。

只是，不知道為什麼，我感到心裡有一點哀傷，或許是因為每一次犧牲，就會有人為自己掉眼淚。

也許，我的悲傷，是來自那些眼淚。

不要為我哭泣好嗎？也許這次，我又會變成另一個世界的人，像是守護海上的子民一樣，守護著你們……

所以，請不要為我哭泣……

請不要為我而哭泣。「默娘，很抱歉。」就在這個時候，一個熟悉且剛毅的聲音，打斷了默娘逐漸逝去的意識。「雖然妳這招夠猛夠帥，犧牲夠感人，但我忍不住要救妳。」

「啊！」默娘猛然睜開眼睛，卻發現自己正躺在一個厚實的男人懷中，而她一仰頭想看清來人的面貌，卻被一大叢鋼針似的鬍子給遮住了視線。

鋼針似的鬍子？

所以這個人是……？

「默娘，」那聲音爽朗的笑著，「我好像懂了，為什麼我始終是頭鬼王，而不能像妳一樣成神了，因為，我太任性，像是我不去救少年H，而選擇留下來救妳，妳不會怪我吧？」

「我……」默娘睜著眼睛，不知道為何，她的眼睛，溼了。

為什麼，這人明明違背了自己的意思，卻讓自己這樣感動？

因為這個人，和自己一樣傻嗎？

「這個羅剎王，很厲害。」這個鋼針鬍子的男人依然笑著，「但我願意賭一賭。」

「賭……？」

「賭，我們會一起活下去。」

「……」

「默娘，相信我們一定會一起活下去。」男人低下頭看著懷裡的默娘，在這片密如針林的鬍子中，綻放出一個爽朗笑容。「因為，我可是，鬼中至尊，鍾馗。」

「而妳，可是萬人崇仰的，海洋守護者。」鍾馗大笑，「我們合作，什麼鬼勞什子的羅剎王？我們一起煮來吃了吧。」

對吧？什麼鬼勞什子的羅剎王，我們一起煮來吃了吧。

阿斗，本名劉禪，為三國時期劉備之子。

劉備臨終之際，特地招來諸葛亮，說了一句話：「能扶則扶，不能扶則反。」

言下之意是告訴諸葛亮，若是劉禪你能扶得起，那就輔佐他繼續霸者之路；如果不行，那諸葛亮，你就自己做皇帝吧。

而諸葛亮深深注視著劉備已經病入膏肓的雙眼，這雙曾經以仁德號召上萬黎民誓死追隨的眼睛，這雙曾經三顧茅廬令自己懾服的眼睛，這雙機巧藏鋒連曹操都玩弄於股掌之間的眼睛……

劉備的這句話，背後的真意到底是什麼？

難道，他真想把這座劉氏江山拱手讓給我嗎？

真的嗎？

諸葛亮眼睛瞇起，冷汗溼透了衣服，他知道，這個決定絕非如此單純，因為，他眼前的這個男人，可是從賣草鞋起家，一直到登上權傾天下皇位的一代怪傑。

「我……」諸葛亮深呼吸，「我會宣示永遠效忠劉家，絕無貳心。」

於是，這場君與臣，義膽與忠心的壯闊邂逅，就在歷史被傳誦了下來。

但，諸葛亮輔佐劉禪之後，才知道劉禪性格不似父親般胸懷天下，他以一句「樂不思蜀」來表示他不愛爭鬥的本性。

蜀漢在劉禪統治下漸漸偏離霸者之路，而諸葛亮等名臣一一過世之後，更缺乏了北伐的主力，之後劉禪對曹魏鄧艾投降，也正式結束了蜀漢劉備的傳奇。

後人將劉禪形容為「扶不起的阿斗」，形容就算有諸葛亮等名臣輔佐，阿斗畢竟是阿斗，終究是扶不起來的。

不過，劉備和諸葛亮這良君和忠臣間的故事，卻還有一個小插曲……

當諸葛亮低著頭，慢慢退出劉備房間的時候，他仰起頭，看著劉備房間外的高處，閃過了一道利箭的凶光。

諸葛亮打了一個寒顫，這道利箭，從剛才就在門外……究竟瞄準著什麼？

自然不會是病入膏肓的劉備，所以，那箭唯一的目標，其實只有一個人……

「唉……命啊，劉備啊劉備。」諸葛亮嘆氣。「如果，我拒絕了你，是不是這把箭，就會在剛才貫穿我胸膛？」

「這就是你永遠成不了王的原因……」諸葛亮閉上眼睛，苦笑，「也許，選擇逃避的我，也是永遠只能當忠臣的原因吧。」

那天之後，劉禪順利登基，在英明神武的諸葛亮輔佐下，蜀漢卻意外的慢慢步向了滅亡。

還有一種說法，那就是劉禪並非真傻，因為他能讓坐擁大權的諸葛亮，絲毫不起防備之心，直到諸葛亮病逝為止，劉禪都未曾被拉下帝位。

良君與忠臣的背後故事，也許，不是我們該去挖掘的吧。

新竹，就在城隍廟鍾馗和媽祖陷入苦戰的時候……第三場戰役，卻也悄悄的登場了。

路上，兩個男人正在漫步著。

這兩個男人一穿全黑，一穿全白，黑白鮮明成為一強烈對比。「鍾馗這小子，一走到這裡就不見人影，真是的，他落單如果受害，叫我怎麼跟老大交代？」那個身穿白衣的男人看起來約莫十五歲上下，體態輕盈，足不點地的走著。「你說是吧？武僧。」

「放心，小飛俠。獵鬼小組裡頭，除了亞瑟王之外，就屬鍾馗最厲害，就算落單，千軍萬馬照砍不誤，沒問題的啦。」武僧一頭晶亮的光頭，嘴裡叼著牙籤，一身俐落的黑衣。「倒是我們要特別注意啊。」

「怎麼說？」

「這霧有古怪，你沒察覺到嗎？」

「是啊，一走進來這裡，馬上就陷入這個陣法中，這佈陣者真厲害，光憑八色旗子，就把整個新竹市搞得像是鬼城似的。」小飛俠嘖嘖怪叫。「擺明要把我們分開，然後各個擊破。」

「沒錯，我也是這樣想。」飛行武僧仰起頭，瞇起眼睛，觀察著新竹市的天空。「這佈陣者，恐怕連我們，都未必能全身而退。」

天空，這個飛行武僧最拿手的領域，如今也陷入一片詭異的靈力陣法中，看樣子，這佈陣者高明到連天空都不放過了。

這兩個男人，正是亞瑟王這方的空中偵測員「小飛俠」，和吸血鬼族的天空王者「飛行武僧」。

他們遠在三百年前，亞瑟王和德古拉那場賭注中首次交手。由於兩個人皆以飛行能力見長，所以他們的對決，便以城市天空為舞台，展開一場小巷間的疾速險戰。

戰局前半，小飛俠的飛行技巧高超，見縫插針，幾乎將飛行武僧給逼入了死角。但是，飛行武僧卻在最後關頭，繃破一身黑衣，修煉超過百年的吸血鬼肉體，融合少林武術，硬是將小飛俠轟入公寓牆中。

這場比賽，強弱於是由拳頭判定。

奇妙的是，那片天空，除了扮演兩人的首戰舞台，後來，更成為兩人友情的起點。

只是，這友情，建立在小飛俠始終對這場比試不滿的基礎上。

「我說飛行武僧啊，」小飛俠身體如魚，優游到天空上，低頭對武僧搖了搖手指頭。「你剛剛說什麼？連我們都不能全身而退？我看，是你老了所以翅膀折了吧，嘻嘻。」

「嘖。」飛行武僧搖頭，咬著牙籤說話。「你這小瞎子，沒看到這片天空靈力線密佈，盤桓交錯，簡直就像是空軍用來封鎖敵方戰鬥機的火網，哼，你可以再繼續逞強下去啊。」

「分明是你怕了。」小飛俠靈活的身子高高躍起，在武僧面前轉了三圈，又以美妙的姿態落地。「要不然，我們再來比一場，比的是誰能……」

「我不想跟你比。」武僧低哼一聲。「無聊。」

「欸，什麼無聊，那時候要不是……」

「要不是什麼？」武僧攤手，「輸了就是輸了。」

「就當是你怕了我。」小飛俠從口袋中掏出一本筆記本，慎重的寫下一行數字。「武僧再度向小飛俠投降，第一千四百二十一次。」

「哈，懶得跟你抬槓。」飛行武僧不屑的咬著牙籤，「不過，看到這八色旗幟，這樣巨大又精密的陣法，讓我想到一個人。」

「喔？」小飛俠停止飛翔的動作。「是誰？」

「功蓋三分國，名成八陣圖。」飛行武僧雙眼瞇起，精光閃閃。「此人縱橫三國時期，論計策論智謀，無人能出其右，無奈……」

「無奈怎麼？」小飛俠追問。

「江流石不轉，遺憾失吞吳。」飛行武僧嘆氣，「此人雖才智縱橫，卻在賢主劉備過世之後，遇上了一個昏庸的後主，更在趙雲、關羽、張飛等名將過世之後，七出祁山，夜夜長嘆，最後過度勞累而死……」

「這人這樣厲害？他是誰？」

「他就是諸葛亮，人稱諸葛孔明。」

「嗯。」小飛俠歪著頭，「名字還蠻有氣勢的。」

「如果這真是諸葛亮親自佈下的八陣圖，那我們唯一的辦法，就是找出八門中的『生門』。」飛行武僧說，「只要找到生門，打敗諸葛亮，這陣法就破了。」

「生門？」小飛俠笑了，「飛行光頭，難得我佩服你一下，懂得還真多，那我們該怎麼找呢？」

「嗯。」

「嗯什麼嗯，怎麼找啊？」

「……不知道。」

「咦？」小飛俠睜著眼睛。「你不知道，還說這麼多廢話？」

「就是不知道。」飛行武僧搖頭。

「你……真是一個飛行光頭。」小飛俠用力拍了自己頭一下，「不，也許該叫你……飛行豬頭！」

「嘖。」武僧嘴裡的牙籤激烈顫動，差點被牙齒咬斷。「你厲害，不然你來找。」

「我？我不行啊，我又不是中國人，我是英國人欸。」

「那你還那麼多話……」

「飛行豬頭，我對你沒信心了。」小飛俠對武僧扮了一個鬼臉，又從口袋中掏出了那本筆記本。「武僧吵架又輸給了小飛俠，第一千四百二十四次，對不起，寫錯了，是飛行豬頭……」

「……」武僧搖頭。「這生門如那麼好找，就不會成為中國兵法史上的奇蹟了，那些什麼少年H和狼人T，也不會困在陣法中，遲遲出不來了……」

「不用辯解了。」小飛俠正要說話，忽然一停，側頭。「咦，有聲音。」

只聽到霧中，一個男子聲音傳了過來，打斷了小飛俠兩人的對話，這句話是……『我知道怎麼找到生門！』

「咦？」小飛俠抬起頭，看著武僧。「剛剛是你說話嗎？」

「不是。」武僧搖頭。「我還以為是你。」

「既然不是你，也不是我？」小飛俠睜大眼睛，「那表示，霧中，還有第三個人？」

「第三個人。」武僧迅捷轉身，和小飛俠的背部互相抵靠，進入作戰模式。「來者何人？報上名來。」

「嘻嘻，你們倆真是好朋友。」那聲音抽了抽鼻子，「一遇到危險，就互相靠住對方背部，很信任對方？」

「放屁。」武僧和小飛俠互看一眼，異口同聲，「我們才不是好朋友。」

「嘻嘻，是嗎？」那人帶著傻笑從霧中現身，他沒有傲人的體魄，更沒有絕豔的容顏，看起來只是一個動作遲鈍的中年男人。

「你是誰？為什麼要躲在霧裡面？」

「我？我沒有躲在霧裡啊，霧這麼大，我不過慢慢走過來而已。」那男人聳肩。「明明就是你們看不到我……」

「嘖。」武僧皺眉，「報上名來。」

「我？我是誰，不重要啦，嘻嘻。」男人用髒髒的衣袖，擦了擦鼻子上快要流下的鼻涕，「但是，我可以帶你們去找那個人！」

「那個人？」

「那個佈下這見鬼大陣的男人啊。」男人嘻嘻笑著，「討厭鬼，諸葛亮啊。」

「你是誰？你憑什麼帶我們去找諸葛亮？」飛行武僧滿臉狐疑，「這八陣圖是我中國兵法史上獨一無二的至寶，共分為休、生、傷、杜、景、死、驚、開八門，其中『生門』更是諸葛亮的藏身之處，憑你，要帶我們去找生門？」

「嘻嘻，」男人搖頭晃腦，一臉無害的笑容。「我是不知道什麼生門、羅生門、上帝啊阿門，但是勒，我和諸葛亮這小子關係匪淺，我就是有辦法，帶你們去找到他。」
「那你為什麼要幫我們？」小飛俠歪著頭。
「為什麼啊，」男人傻笑，「原因很簡單啊，因為我在世的時候，就非常討厭他了。」
「討厭諸葛亮……」飛行武僧皺起眉頭，「所以……你也是一名三國人物？可是，我怎麼想不起你是哪一個英雄？」
飛行武僧沉吟著，三國演義中，身材矮胖者可以說是寥寥可數，其中當屬曹操最為有名。但是曹操可是震動三國前後百餘年的怪傑，會是眼前男人這副屎不拉雞的模樣嗎？
這男人，相貌平常到了極點，能力平庸，讓人毫無戒心，但，這究竟代表什麼？
這個殺機處處的大霧中，如果眼前的人能力這樣平庸，為什麼能存活下來？
就在飛行武僧躊躇之際，忽然手臂一緊，武僧轉頭，看到了小飛俠一雙賊賊的眼睛。
「怎麼？」武僧問。
「我覺得，這傢伙可以利用。」小飛俠小聲的說。
「嗯？」
「我剛剛用『絕不會看走眼的老花眼鏡』看過了，這傢伙真的沒有什麼靈力。」小飛俠用眼角偷瞄了男人一下。「這人是真的很弱。」
「……」

「這樣的人，如果他要陷害我們，憑我們兩個的能力，可以輕鬆宰了他，真的不行，別忘了我們兩個最拿手的能力是什麼……？」

飛行武僧沉吟。「……是飛行。」

「沒錯，因為我們會飛，所以論逃跑，還有誰比得過我們兩個。」

「嗯……」

「別想太多啦，你就是想太多，才會腦袋上面光光沒半根毛。」小飛俠笑著說，「你想想看，現在八陣圖加上濃霧，這座新竹城危機四伏，我方的人馬在這裡危險至極，這是我們逆轉戰局的最好機會，不是嗎？」

「嗯，好吧。」飛行武僧轉頭瞧了那個憨傻男人一眼，不安的咬了咬牙籤，「不過，我總覺得，這個人似曾相識，偏偏又想不起來，讓我感到很不安。」

「我說，三國演義這本書不是很厚嗎？書中這麼多英雄豪傑，哪能每個都記住？」小飛俠哼了一聲。「你又不是愛看書的認真鬼。」

「嗯，說得也是，好吧，我去。」飛行武僧看著小飛俠，「但是你要答應我一件事。」

「啥事？」

「如果我們遭遇危險，你先走。」

「咦？」小飛俠一呆。

「因為你比我弱，不走，肯定會先死。」

「欸。」小飛俠雙手插腰，在空中翻了三、四個筋斗，如同在無重力狀態般靈巧至極。

「你瞧不起我？我上次輸給你，是因為前一天晚上溫蒂硬是拉我逛街，我的腳痠……」

忽然，小飛俠住口了。

因為他看到了武僧的表情，嚴肅、凝重，還帶著無可妥協的決心。

和武僧長達三百年的交情，小飛俠知道，武僧是認真的。

「好吧。」小飛俠聳肩。

「好，那我們就去吧。」武僧點頭。

然後，小飛俠轉過身去，對這霧中突然出現的憨傻男人，露出自認最親切的笑容。

「那，就請你帶路吧，目標正是生門，這一次，讓我們去抓那討厭的諸葛亮吧。」

在新竹市正陷入戰火與濃霧之際，卻有一處神祕境地，躲開這些血腥與暴力，成為八陣圖中的避風港。

這裡，佔據了通往青草湖的要道，在地理上有著無比重要的地位。這裡，更是新竹老師的搖籃，人文薈萃的聖地。

這裡，就是新竹理工學生們心中聯誼的首選，趨之若鶩的所在……

新竹師範大學。

竹師佔地並不大，古老的校舍、斑駁的牆面，以及老舊的運動設施，卻隱藏不住這裡蓬勃發散的青春熱力。

一群屬於年輕女孩的浪漫溫度。

只是如今，這座新竹僅存的避風港外，卻倒了一個人。

他一身白色西裝，面目扭曲，正半跪在地上，右手扼住了咽喉，似乎極度痛苦。

他是小飛俠。

只是，他的飛行能力呢？為什麼會失效？

從他和武僧尾隨這憨傻男子，要到生門捕捉諸葛亮，僅有短短的十五分鐘，這十五分鐘以內，到底發生了什麼事？

十五分鐘之前……

憨傻男人將武僧和小飛俠帶到了竹師的校長室門口。

「這裡，就是諸葛亮的所在地了。」憨傻男人嘻嘻笑著。

「這裡？」武僧用單手壓住木門，剎那間，他感受到木門內傳出的複雜靈力結構，如同蜘蛛網般千絲萬縷，從這裡往新竹市的遠處延伸而去。

沒錯，這裡就是整個八陣圖的核心。

將新竹變成一座殺戮迷宮的最後關卡——生門。

「沒錯，這裡是生門。」武僧轉頭看向小飛俠。「如果沒有意外，諸葛亮一定在這裡。」

「真的？我們的運氣真是不錯哩。」小飛俠得意的笑著，伸手比向天空，「而且這裡的天空這麼寬，我們想飛，隨時可以拍拍翅膀飛走哩。」

「嗯。」武僧看著眼前這道門，行事向來謹慎的他，始終沒有勇氣推開這道門。

這樣就找到生門，會不會太容易了？

「小飛俠，你先離開。」武僧沉靜的說。

「咦？」

「你離開這裡，去告訴德古拉或是亞瑟王，生門就在這裡。」武僧說。

「為什麼？」小飛俠雙手插腰，氣得身體浮在半空中。「你不會想要獨佔這功勞吧？」

「不。」武僧皺眉，深深皺眉，「我只是確定了一件事，門後面，很危險。」

「危險？」小飛俠一愣，「那男人不是說，這裡只有諸葛亮……咦？那男人呢？他跑了？」

武僧一愣，猛然轉頭，果然，那男人竟然悄悄的失蹤了。

一陣怪異的預感升起，武僧將頭轉回正面，凝視著剛才未開的門。

隨即，無比驚駭的感覺，湧向武僧的心頭。

門，竟然被緩緩推開了。

「快逃，這是陷阱！」武僧單手提起小飛俠，往後退了幾步，就從校長室的欄杆外，跌了下去。

當然，這往後一跌，跌不死這兩個以天空為家的高手。

小飛俠如同俐落的小魚，在空中微微一頓，立刻往天空深處竄去。

而飛行武僧的飛行方式，則多了一份氣勢，他背後伸出兩根巨大的黑色翅膀，翅膀一振，就追上了小飛俠。

「走啊！」飛行武僧咬牙，翅膀往復振動。

「走啊！」小飛俠也喊著。

但是，他們卻在下一秒，凝視著對方的眼睛，在眼中找到了相同的疑惑及恐懼。

「武僧，你完全沒動欸。」小飛俠不斷運起靈力，可是他完全沒有移動分毫，在這片天空之中。

「小飛俠，你還不是？」武僧苦笑。

他們，始終都在校長室的正上方，動也不動。

「兩位，你們飛不走的。」底下，一個清朗的聲音，「呵呵，算你們莽撞，闖入了我的能力範圍。」

「你的能力範圍？」武僧回頭，詫異。「你就是諸葛亮，我認得那支招牌羽扇。」

「沒錯。」諸葛亮站在校長室的門口，輕輕揮動自己的扇子。「在我能力之下，你們絕對飛不走的。」

「為什麼？」

「因為，我是操縱東風的人，風，剛好是你們飛行的剋星，不是嗎？」諸葛亮笑，「下來吧，兩位朋友。」

只聽到諸葛亮這句話剛說完，武僧和小飛俠同時感覺到呼吸一窒，一陣足以將身體扯碎的強風，把他們的身體往下拉去。

「別下去。」武僧渾身的肌肉鼓起，翅膀困難而奮力的拍動。

「我知道。」小飛俠只覺得自己的身體越來越低。「但，蠻力，向來不是我的強項啊。」

短短幾秒鐘以內，小飛俠已經下降了數十公尺，眼看就要落回校長室的前面。

一旦雙腳落地，失去了翅膀的他，就等於任憑宰割的火雞了。

「小飛俠，撐住，諸葛亮不是武鬥型的高手，他的力量一定會有極限。」還在空中的武僧，奮力的吼著，就算他的臉已經被強風給壓扁，像是一塊大麵皮。「撐住啊！」

「我……」小飛俠只覺得渾身脫力。「可惡，武僧，你真的贏了，為什麼我明明飛得比你快，比你……」

「小飛俠！別放棄！」

「對不起了。力量，真的不是我的強項啊。」小飛俠的身體一鬆，終於如同柳絮般被風扯下。

「小飛俠啊！」

就在這一剎那，小飛俠忽然感到自己的手心被一股力量抓住。

一睜眼，竟然是武僧。

「武僧，你幹嘛？」

「上去。」武僧表情因為過度用力而猙獰，然後他手一甩，硬是把小飛俠甩回了天空。

但，當小飛俠回到天空，武僧接著必須付出的代價就是……

墜落。

而且，還是承受雙人份的墜落。

「武僧！」小飛俠被往天空拋去，嘴角大吼。

「想走？」諸葛亮冷笑，「就算我的力量不強，要把這白衣小子再拉下來一次，還是綽綽有餘的啊。」

「是嗎？」武僧依然高速墜落，臉上的表情卻笑了。

身體卻在空中轉了半圈，翅膀張開，變成加速往地面衝刺。

「咦？」諸葛亮的扇子一停。「你要衝下來？」

「沒錯，要讓小飛俠走的辦法，就只有幹掉你了。」武僧吼著，順風加上自己的飛行能力，簡直就像是一道超音速的黑色飛彈。

「這樣速度，你衝下來，你會變成肉餅的。」諸葛亮收起扇子，收起狂風能力，皺眉，往後退一步。

「吼！」武僧身體越衝越快，在空中拖曳成一條黑線。

黑線咆哮，筆直而銳利，衝向諸葛亮。

看著武僧衝向了諸葛亮，在空中的小飛俠心頭一陣激動。

想說什麼，卻說不出來。

只能看著眼前的一切，就像慢動作似的，哀傷而無法停格的上演。

武僧的身體，如線，射向諸葛亮。

諸葛亮右手羽扇揮，再揮，再揮，試圖要逼退這條反噬的黑線。

但，沒用。

夾著雙人份墜落的威力，以及武僧視死如歸的自殺飛行，肌肉的收縮早已到達極限。

就算東風的主人諸葛亮，都莫可奈何。

武僧，再快。

那右拳迎風舉起，蓄勢，握緊，再握緊。

諸葛亮停止揮扇，張開嘴巴，似乎在吶喊什麼。

武僧，再快，還再快。

已經到了諸葛亮面前，拳頭同時揮出。

高速，極限高速，拳頭連揮出，都因為風壓而微血管爆裂，血跡綻放逆風宛如拳頭在風軌中擦出的火花。

火花流動。

拳頭，轟然一聲，破入諸葛亮的臉中。

擊中！

「幹得好！」小飛俠張開雙手雙腳，在空中大喊。

但，諸葛亮卻沒有倒下。

在武僧拳頭下面，那張清癯的臉，在笑。

「很抱歉，你錯估了。」諸葛亮的臉上，沒有半點被重拳轟中的瑕疵。「我們這裡還有一個人。」

武僧的眼睛陡然睜大，然後，一條紅線，從臉上蜿蜒而下。

紅線急速延長，延長過了武僧脖子、胸口、腹部，到鼠蹊部為止。

然後，紅線擴大，張開。

而武僧的臉，就這樣嘎嘎嘎……逐漸裂成了兩半。

在諸葛亮的身邊，多了一名男人，身材雖矮，舉手投足卻充滿霸者氣息。

他的食指上，有著一痕血跡，就是這根手指頭，在高速下，輕巧滑過武僧的身軀。

然後，將武僧渾身一身雄壯身軀，給切成兩半。

「武僧……」小飛俠愣愣的看著底下，這個曾經天空中一決生死的好友。

小飛俠轉身，他渾身的靈力再度爆發，他要逃。

因為他知道，只有逃才對得起武僧。

只有逃，才不辜負武僧替他爭取的每分每秒。

「逃不走的。」諸葛亮搖著扇子，「你以為，我會讓你把生門的位置，給洩漏出去嗎？」

諸葛亮一旁的男人，手指頭再度舉起。

小飛俠的速度提升，他的速度原本就較武僧為快，而全力爆發的他，更是破了自己的飛行紀錄。

快，更快，更更快，更更更快，更更更更更更更更更快啊！

小飛俠的速度甚至衝破了音速，擊破了音速才會產生的音牆，眨眼間，就消失在天際之間。

* * *

「逃了？」諸葛亮訝異。「竟然還是讓他逃了。」

「這小傢伙，是真的很快。」一旁的男人摸著自己的手，鎖眉。

「曹操老大，我以為，他就算再快，也逃不出你掌心的。」

「哼，如果是單純的快，當然逃不出我掌心，只是……」曹操伸出了手，那隻剛才差點捕獲小飛俠的手指上，被刺了一個物體。

這是牙籤。

這是武僧一直叼在嘴上的牙籤。

「這光頭小子，明明被切成兩半，還能在臨死前，把一身的靈氣灌入牙籤中，用力吐出，刺中你的手指頭？」諸葛亮苦笑，「真是好厲害的傢伙。」

「嗯，是個好人才。可惜了。」曹操嘆氣。「如果不是為了救同伴，他也許可以還有幾分活下去的機會。」

「不過，剛才那白衣小子，他一逃走，恐怕就麻煩了。」諸葛亮搖著扇子，「這下子生門一洩漏出去……」

「哈哈，這倒不用擔心。」

「怎麼說？」

「因為，」曹操看著天空，眼中自信滿滿。「就算我的力量被根牙籤阻斷，但，還是傷到了那白衣小子，要他把生門的祕密洩漏出去，也得看他能不能活著飛到自己的夥伴身邊啊。」

「呵呵。」諸葛亮拱手。「丞相的功力，我也只能說，佩服，佩服啊。」

「不過，話說回來，到底誰要害你？是誰知道這生門，又將他們兩人來到此處的？」

「我想，我知道答案。」諸葛亮苦笑。「只有那個人，他會這樣恨我。」

「哪個人？」

「阿斗。」諸葛亮重重的嘆氣。「也是我離開人世前，最後一個君主，阿斗劉禪。」

東門城外，大霧中，一個身材壯碩卻不失迅捷的獸影，沿著馬路奔到了此處。

獸影倏然停下，然後前足離地，就這樣靠著雙腳站了起來。

這道獸影穿著一襲黑色皮衣，瀟灑長髮披肩，豪氣萬丈，正是剛剛擊敗孔雀王趕到這裡的森林狂戰士——狼人T。

「味道。」狼人T昂起頭，看著眼前這幢矗立在濃霧中的東門城。「這裡有H小子和貓女的氣味，還有那討厭的濕婆氣味。」

「所以，無論H遭遇了什麼危險，肯定是在這……」狼人T的話才說到一半，霧中，忽然閃爍一道快捷凌厲的閃光。

「咦？」狼人T憑著直覺，微微一側身。

閃光過去，狼人T赫然發現，自己的左手臂出現一條鮮紅的血跡。

「好快！」狼人T大驚，這閃光沒有徵兆，而且，狼人T甚至連對方是誰？怎麼出手的都不知道！

地獄殺陣中，還有這樣的高手？

濃霧中，閃光再度出現，這次，以更兇狠的姿態，直撲狼人T眉心而來。

「混蛋！」狼人T怒吼，握拳，擰成一顆連巨石都可以鑽碎的拳頭。

迎向那道閃光。

剎。

霧氣中，傳來一聲細微的輕響。

狼人T更訝異了。

因為他的拳頭上，這顆比鋼還堅硬的鐵拳，出現了三道清楚的割痕。

鮮紅的血泉，更從這三道割痕中，爭湧而出。

「使出這閃光的人……」狼人T眉頭緊緊皺起，「又快，又靜，爪子又銳利？怎麼好像……」

可是，狼人T還沒來得及整理他腦中的思緒。

閃光，又來了。

這次，閃光悄悄的隨著地面匍匐而行，像是一條致命的毒蛇，直接纏上了狼人T的雙腳。

「媽啊！」狼人T見到閃光已經出現在腳踝前，只要一瞬，馬上就是雙腳被切斷橫禍降臨。

「吼！」狼人T狂吼，所有的力量都傳到了右腳，全力往馬路踹去。

新竹水泥石板怎麼承受得住狼人T雷霆萬鈞的一腳，亂石崩裂紛飛，如致命的散彈槍，射向閃光的主人。

「哼。」閃光主人傳來悶哼，嗓音細膩。

但，狼人T這招似乎阻擋不了閃光主人勢若瘋虎的攻勢，如此險惡的石頭彈雨中，閃光卻依然向前挺進，

一半的石頭被閃光主人以極度靈巧的身手閃過，一半的石頭則被閃光給撞向一旁。

「這樣的身手，這樣的速度，加上剛才的聲音……」狼人T腦海浮現了一個人的模樣，隨即，新的疑惑又湧上了心頭。「可是，如果真的是她，怎麼會做出這麼莽撞的進攻？」

閃光主人終於突破了石頭雨，爪子在大霧中畫出華麗的十字，直插向狼人T。

沒有時間了，生死，這麼快就要分出來了。

狼人T一咬牙，雙爪也跟著刺了出去。

狼人T這雙爪子，對準了眼前敵人的臉蛋，只要敵人不撤手，就是同歸於盡的局面。

如果真的是她，以她愛美的習性，就一定會躲開砍向她面容的攻擊，然後尋找更完美的暗殺時機。

但，狼人T失算了。

閃光主人竟然不閃不避，直衝向狼人T的懷抱，雙爪舞動更是失去章法，像是失去了冷靜

的手術刀。

銳利，但是太過瘋狂。

狼人T的爪子，眼看就要抓向敵人的臉頰，下一秒，就是穿透雙頰，然後鑽破雙眼的死局。

只是，狼人T卻在這一剎那，看見了撲向自己懷裡的女人臉孔。

「真的，是妳！？」

噗滋。

狼人T的胸口，被兩手爪子貫入，爪子太過銳利，竟然直沒入手腕。

而狼人卻在最後一瞬間，停手了。

狼爪停在眼前女人的雙頰邊緣，顫抖著，沒有落下。

這場死鬥的結局，是狼人T犧牲自己的胸膛，保存敵人的毫髮無傷。

「怎麼回事……？」狼人T呼呼喘氣，雙眼大睜。「貓女，妳究竟是怎麼回事？」

貓女，眼前這個閃光的發動者，竟然是暗殺女王貓女，一個以冷靜和精準為名的頂極刺客。

究竟發生了什麼？讓她如此失控？

「貓女，妳瘋了嗎？我是狼人T啊！」狼人T吼著，「妳瘋了嗎？連我都攻擊？還像是發瘋似的亂砍？」

在狼人T懷中的貓女，抬起了頭。

這一刻，狼人T卻停止了憤怒和責備。

因為，他看見了，滿滿的淚痕，交錯縱橫，爬滿了貓女的臉龐。

那永遠自信微笑的嬌寵貓女，為什麼哭成了這樣？

「妳……究竟是怎麼回事？」狼人T慌了手腳，「怎麼會是妳哭？喂！明明就是我被妳砍傷，要不是妳砍的地方剛好是我復原力最強的心臟，好啦好啦，不要哭了，我不罵妳了，好不好？」

「嗚嗚……」貓女的大眼睛裡頭，是止不住的淚水。

「不要哭了，好不好？拜託妳。」狼人T想掏出手帕來替貓女擦眼淚，可是，像他這樣瀟灑的戰士，怎麼會有替女孩擦淚的？

「H，H，H，他……」貓女聲音哽咽，語無倫次。

「H小子？他怎麼了？」

「H，他死了。」

「啊？」

貓女說到這裡，不顧自己的雙手，還插在狼人T的胸膛中，把自己的臉埋進了狼人T毛茸茸的血胸中，用力大哭了起來。

大霧中，無盡的哭聲中，只剩下滿臉驚愕狼人T的臉。

H，死了？

這個最不該死的人，死了？

這個故事的主角死了，那故事該怎麼繼續？

「唉，還是沒躲過，還是沒躲過。」

遠處，穿著拖鞋的土地公，坐在新光三越的頂樓上，嘆氣。

「你幹嘛唉聲嘆氣。」一旁的九尾狐，歪著頭。「那個少年H究竟有什麼魅力，讓貓女哭成這樣，讓狼人T這樣咬牙切齒，更讓你念念不忘？」

「唉呀，」土地公搖頭，「妳不懂我們男人。」

「哼。」

「我決定了。」忽然，土地公毅然起身。

「啊？你要幹嘛？」

土地公轉身，往樓梯口走去。「我要去把藏在我廟裡的最後一罐仙草蜜，拿出來喝。」

「咦？那罐仙草蜜？」九尾狐轉身，如同精靈般畫出美麗的身影，飄到土地公的面前。

九尾狐雙手張開，擋住土地公的去路，表情焦急。

「你瘋了嗎？」九尾狐大叫，「那罐仙草蜜，不能開啊！你要逆天倫嗎？你忘記你和聖佛之戰後的承諾嗎？你忘記你為什麼藉著這個小神的身分躲藏嗎？你忘記……你忘記我們好不容易才又相遇的嗎？」

「九尾狐……」土地公止住了腳步，定定的看著九尾狐，表情複雜。

「別去，你一去，封印一開，誰知道這個地獄遊戲會發生什麼事情？」九尾狐激動無比，「你要和濕婆正面撕破臉？以你現在重傷的身體，你會很危險的。」

「嗯。」土地公嘆氣。

「別去。」

「人生，是很多抉擇的綜合體。」

「嗯？」

「千百年前，如果我不要逆軒轅起兵，和他在涿鹿決戰，我也許現在也位列仙班，地位尊崇。」

「嗯。」

「千百年前，如果我聽我爺爺神農的話，乖乖奉上南方土地和群妖性命，今天我也許是神不是魔。」

「嗯。」

「百年前，如果我拒絕了聖佛的邀約，遠遁他方，也許今天根本輪不到這些妖魔小丑在作惡。」

「嗯。」

「但是，我當年就是敬佩聖佛為人，所以答應與他一談，這一談，就是數百年的空白。我沒有後悔。」

「嗯。」

「我討厭後悔，所以我不會讓自己後悔。」土地公微笑，伸出手溫柔的摸著九尾狐的臉。

「就像是我認識妳一樣。」

「嗯。」

「讓我去，好不好？」土地公淺淺的笑著，以他的力量和霸氣，要拉開九尾狐往前走，是輕而易舉的事情。

但是，此刻的他卻放低聲音。

溫柔而誠懇的，就像是一個霸氣十足的王者，卻在自己親愛的女人面前，成為一個比誰都溫柔的老公。

「讓我去，好嗎?」

這一刻，九尾狐張開的手放軟了，放下了。

「嗯，我就知道，我最受不了你用這種聲音說話了。」九尾狐閉上眼睛，眼角含淚。「比起霸氣十足的你，還要迷人好多倍。」

「呵呵。」土地公邁步往前走去。「謝謝妳。」

「嗯。」

「我相信少年H，也相信阿努比斯，」土地公微笑，「他們一定會成為地獄之牆崩裂後，全新的支柱。」

「嗯。」

「所以，我必須救他們。」

「因為他們是解救群神群魔的支柱，所以必須救他們?這不像你的作風啊。」

「呵呵，的確不是。」土地公走下樓梯，關上陽台門之前，最後一個爽朗的笑聲。「因為，我是真的喜歡少年H這個傢伙，哈哈哈哈。」

陽台上，徐徐的新竹風吹著，剩下一個淚眼矇矓的九尾狐。

「你，終於要解開那個封印了嗎？你，終於要找回自己的名字了嗎？就算必須付出聖佛可以出手殺你的最終代價？」

「是嗎？」

九尾狐望向天邊的夕陽，濃霧中，薄薄的夕陽光透露著淡淡的憂傷。

「……地獄中最強帝王——蚩尤。」

To be continued...

地獄外傳《最強傳說 誕生》

六個月前的那個下午，對錢宜來說，是非常特別的日子。

因為六個月前，她在同學的帶領下，接觸了一款網路遊戲，那是錢宜活了十四個年頭，第一次碰到這虛擬的世界。

所謂的網路遊戲，就是透過無遠弗屆的網路，將一群散佈在世界各地的人們，連結到一個共同的世界中。

這世界充滿了現實世界無法體驗的奇妙事物，充滿了日常生活中無法體驗的冒險情感。

這世界如此誘人，也是如此危險。

因為，錢宜就在第一次打開這遊戲，登入帳號之後，竟然就在所有同學的面前，直直的往後一仰，自此昏迷過去。

這一昏迷，就是漫長的六個月。

而錢宜的父親錢爸，是一位科技公司的大主管，靠著台灣電子業的起飛，累積了不少財富，當他看到自己獨生女不明所以昏迷，這位嚴格卻愛女如命的父親，陷入半瘋狂的狀態，他投入所有心力，發誓要找回女兒突然消失的意識。

昏迷之謎。

錢爸替女兒做遍了所有現今醫學的精密檢查中，卻找不出任何科學的證據，來解開女兒的

於是，錢爸只好將希望轉到觸發女兒昏迷的關鍵——

網路遊戲。

在經過四處打探詢問每個同學之後，錢爸終於清楚確定了這網路遊戲的完整名稱。

它的名字是……「地．獄．遊．戲。」

地獄遊戲，這是在短短一年半之內，橫掃台灣年輕族群的神祕遊戲，就是錢宜昏迷的最後線索。

而且，當錢爸越是調查，他內心越是驚訝。

因為，類似錢宜昏迷的案例，竟然多得可怕。

於是錢爸拿起筆，記錄下這款遊戲的每一個疑點。

一、這是一款以台灣為背景的遊戲，遊戲畫面唯妙唯肖，簡直就像是真實版的台灣，更驚人的是，遊戲能夠很準確的更新台灣的新聞事件。若沒有一個非常龐大的遊戲設計團隊，事實上是無法如此的……這就牽扯出第二個疑點了；到底是誰設計這遊戲的？

二、沒有遊戲設計團隊？這款遊戲沒有一家公司代理，沒有程式管理者，上線免費，伺服器免費，彷彿憑空出現的一款遊戲，卻像是黑死病一樣在台灣每個網咖散播。

不過，讓錢爸真正震驚的，卻是第三點！

三、這款地獄遊戲引起一種新的疾病，叫做「網路遊戲血栓症候群」，醫學界解釋這病的成因是因為長期玩遊戲缺乏運動，導致血液流動變慢，於是造成血栓堆積於腦部，造成突發性昏迷……

突發性昏迷？

錢爸只覺得渾身發抖，這第三點，講的不就是自己的女兒錢宜嗎？

但是，他女兒接觸網路遊戲的時間這麼短，怎麼可能因為血栓而昏迷？真正的病因，絕對不是如此。

於是，錢爸開始利用自己科技公司的資源，號召資訊相關的好手，包括軟體工程師、資訊系統管理師，甚至是電腦玩家，以及，深藏在這些族群中的頂級獵手……網路駭客。

接著，錢爸成立一個網站，提供金錢和資訊交流，讓這些高手肆無忌憚的活動，而這些活動的目的只有一個：「破解地獄遊戲」。

既然地獄遊戲是網路遊戲，就一定有伺服器，就一定要遵守通訊協定，就一定是0和1組成的資訊密碼。

只要地獄遊戲是正常的網路遊戲，那就沒有這群電腦高手解不開的程式，那藏在地獄遊戲後面的設計者與陰謀，就再也無法遁形。

但，前提是，地獄遊戲必須是「正常」的網路遊戲！

經過三個月的努力，錢爸的積蓄花去過半，這群縱橫世界網路的高手，日以繼夜的投入破解地獄遊戲，卻都只是無功而返。

地獄遊戲的設計毫無破綻可循，毫無規律可言，彷彿像是一個深不可見的地洞，不斷往下探去，卻只是更多無法解釋的謎團。

一位來自新竹某大學實驗室的網路駭客，自稱「白老鼠」的男人，甚至對地獄遊戲寫下了一個怪異的結論。

「這遊戲，是活的！根本就是一個活著的網路怪獸！」活的遊戲？有生命的遊戲？一個遊戲為什麼會有生命？

沒有人知道，這群在網路界稱王稱霸的高手們，全都在一片死寂中，無人反駁這答案。這遊戲，竟然是活的。

一個具有生命的遊戲，正在台灣地下悄悄蔓延，不斷吞噬人的靈魂，使無辜者昏迷，卻無人能破解，無人能阻止。

錢爸越來越焦慮，他每天晚上都來到女兒昏迷的病床前，低頭祈禱，只希望女兒能甦醒過來，別再讓老父日日夜夜替她擔心。

就在錢宜昏迷的第一百天，整個事情出現了轉機。

雖然，這並不是一個令人開心的轉機。

這天，當錢爸又再度握著女兒的手，喃喃的替女兒祈福之際……

忽然，錢爸發現了一件事。

女兒的眼角，有東西正在反光。

錢爸愕然，急忙往前靠去，這一靠近，他發現……

這反光的東西，竟然是眼淚。

「女兒妳在哭？」錢爸慌了手腳，「為什麼在哭？妳做惡夢了嗎？妳聽得到把拔的聲音嗎？妳不要怕……」

可是錢爸的安慰似乎沒有傳到錢宜的耳中，因為除了眼淚之外，錢宜的呼吸急促，越來越急，彷彿遭遇了什麼極度可怕的事情，經歷了什麼難以想像的惡夢。

「乖女兒，乖女兒。」錢爸摟住了女兒身體，試圖用自己的體溫去溫暖她。「不要怕，不要怕，爸爸……爸爸在這裡。」

可惜，錢宜的驚恐沒有結束，一直持續了整個晚上，才緩緩的回復了正常。

而這個晚上，除了讓這個疼愛女兒的老父心力交瘁，更讓錢爸下了一個極為勇敢而瘋狂的決定。第二天，錢爸先和公司請了半年的長假，完全不顧公司內所有同事驚愕的目光。

然後錢爸連上自己架的網站，以站長之名，發了一封群組信，邀請所有參與這計畫的網路高手。

「今晚，請晚上七點準時上線，我有大事要宣佈。」

網站的主人發出這樣正式的通知，立刻震動了所有的高手，無論是否曾經隸屬於錢爸底下，所有的人都在七點，準時上線。

高手到齊，屏息等待錢爸的消息。

然後，電腦螢幕上，一個字一個字，出現了錢爸的訊息。

「各位，我決定了，我要親自玩這款遊戲。」

親自玩這款遊戲？錢爸，你瘋了嗎？你不知道這遊戲很危險嗎？白老鼠不是說過，這甚至是一個活的遊戲啊。就在所有網路高手驚疑不定的時候……錢爸又敲出了第二句話。

「而且，我也要讓自己昏迷。」

所有高手同時譁然，接連不斷的反面意見，幾乎要覆蓋錢爸視窗。

『錢先生，不要衝動！』

『你一旦昏迷，誰來照顧錢小妹？』

『昏迷不代表你就能進入遊戲去找錢小妹，你不要做出衝動的傻事！』

『錢先生！你冷靜點！』

『錢先生！錢先生！錢先生！錢先生……』

錢爸搖了搖頭，將所有的對話框都移去後，又敲下了第三句話。

「你們曾說過，地獄遊戲是活的？所以，是這地獄遊戲吞噬了我女兒的靈魂？如果真是這樣……」

錢爸的嘴角，揚起一絲又驕傲又悲傷的苦笑。

「那我就親自進入遊戲，把我女兒給帶回來吧。」

這句話，包含了多少老父的眼淚和決心，所有的玩家，在這一瞬間都停止了鍵盤，哀傷的沉默下來。

就在所有人靜默的同時，錢爸的第四句話，閃入了螢幕之中，這句話卻又像一個全新的爆蛋，引起軒然大波。

「現在，我徵求，願意和我一起進入遊戲的人。」

錢爸寫著……

「願意和我進入遊戲的人，請交代好你們離開之後的事務，如果經濟有困難，我會盡全力幫忙，並且嚴格要求，有家人和割捨不下女友的人，禁止參加這個計畫。」

「這是一件性命交關的大事，請不要以遊戲的心態面對它。現在開放報名，一直到三天後，我將會遴選所有適合參加的人選，與我共同進入遊戲。」

「我保證您在昏迷期間，會受到最妥善的醫療照顧，並且我們會由現實世界派出玩家，隨時協助那些進入遊戲的人，當然，這是假設我們是真的進入了遊戲。」

「此外，我錢爸將散盡家財，提供我剩餘的所有財產一千萬，這筆錢將供所有參與這計畫的人均分，雖然數目不大，卻也是我的心意。」

三天，七十二小時，像是翻轉一座沙漏，隨著細白的沙粉不斷流下，也表示時間正在不斷的流逝。

而這三天，錢爸的網站湧入前所未有的人潮，每日點閱率超過二十萬，許多以前潛水在網站底下的高手，也紛紛浮上了檯面。

但是，人雖多，真正報名的卻只不到其中的百分之一。

而這百分之一當中，適合追隨錢爸的人，又只是其中的百分之一。

但是，錢爸並不擔心，因為對他來說，要救出女兒錢小妹，走入遊戲是唯一的辦法，他不在乎有多少人願意幫他，就算剩下他一個人，他也會力戰到底，直到最後一絲希望熄滅為止……

就算只有萬分之一的機會，他也要把錢宜從地獄遊戲中給帶回來。

這是一個老父的堅持。

一個就算世界覆滅，也絕對不會妥協的堅持。

「時間到。」

當錢爸按下了計時器，七十二小時的倒數正式進入了歷史。

而攤開報名的名單，共有六個人被正式選為追隨錢爸進入遊戲的勇士。

這六個人來自的背景各不相同，卻都被錢爸這計畫所吸引，以自己的性命為賭注，投入了地獄遊戲之中。

這六個人當中，有一名是專業的電腦遊戲玩家，他生平破關無數，以收集「破關畫面」為樂，他加入錢爸計畫的理由只有一個……

「我破了這麼多遊戲，從瑪利兄弟到奪命賽車，總覺得在瞬間的刺激後，少了些什麼……」他在報名資料上這樣寫著：「直到我看到錢爸你的故事，我終於知道自己少的遺憾在哪了。」「我少了親身體驗遊戲的感覺，那種悸動，那種真正面對生死的感覺，所以，請讓我參加。」

錢爸沉思了兩秒後，決定讓這位玩家加入了計畫，因為錢爸知道，這位玩家豐富的各種遊戲經驗，將會提供相當大的幫助。

另外，還有電腦程式設計師則與上位參加者相反，他從未玩過遊戲，卻設計過無數的遊戲，也同樣為了追求親身體驗而加入遊戲。

還有一位是武術高手，雖然不愛電玩，一身精修的武術，進入遊戲中也許會化成極大的助力。

另外，還有不少人懷抱著奇怪的動機，一個貌不驚人的女孩，為了尋找自己未來的伴侶而踏入遊戲，而她強烈的執著感動了錢爸，答應成為六人的一份子。

此外，錢爸網站的老班底「白老鼠」、正在新竹某間大學實驗室受苦受難的研究生，也義不容辭的加入了這個計畫。

於是這六個人，在錢爸的率領下，正式成軍，要一同進入遊戲中，挑戰這在台灣捲起一陣旋風的地獄遊戲。

包括錢爸共七個人，一起聚集到一間具有齊全診療設備的小診所。

此刻，診所內已經架好了七台電腦，每台電腦畫面上都是「地獄遊戲」的登錄介面。

診所中的醫生姓龍，當他看到錢爸，快步走向前，伸出雙手和錢爸用力相握。

「老錢，好久不見。」這位醫生年輕時候和錢爸唸同一所高中，曾經是感情非常好的拜把兄弟，兩人同樣優秀，同樣聰明，不僅在成績上是競爭關係，在感情上兩人更是默契十足的愛上同一個女孩。

只是，這些競爭都減低不了兩人惺惺相惜的友情，他們後來選擇了不同的路，錢爸選擇了理工，成為了科技業的主管。而龍醫生則選擇了醫學，如今是一家私人診所的負責人。

「老龍，好久不見。沒想到，我們兩個這麼久沒見，一見面就要拜託你這麼為難的事。」

錢爸回握醫生的雙手，兩雙蒼老的手掌交握，凝成一股充滿回憶的力道。

「不為難，只是……」龍醫生犀利的醫生雙眸，看著錢爸的眼睛，「老錢，你確定知道你在做什麼吧？」

「我知道。」錢爸嘴角揚起，苦苦的笑容。「為了女兒錢宜，這些事不算什麼的。」

「唉。」龍醫生搖頭，「你以前就是這樣，死都不肯放棄認輸，就是因為這樣，小容才會選擇你……」

「呵呵，你還對我在情場上打敗你，記恨到現在？」錢爸笑著說。

「不了不了，這都是陳年往事了。」龍醫生笑了起來，眼角的皺紋瞇起，「這錢宜，就是小容的女兒？」

「沒錯。」錢爸嘆了一口氣，「為了小容，無論如何都要把錢宜帶回來。」

「嗯，我懂。」龍醫生低下頭，「如果是我，也會如此。」

「老龍，我們七個人未來的健康，就要靠你了。」

「放心。」龍醫生的眼睛閃爍著白袍醫者的犀利。「放心，包管你這次昏迷會比以前更健康，當然，我指的是你的身體方面，心靈部分你們就得自己好好保管了。」

「哈，我們會好好保管的，謝謝。」

這聲謝謝之後，錢爸和其他六名玩家坐到了自己的位子，然後醫護人員替所有人裝上測心電圖的裝置，安上一切醫療的設備，最後，在臉部套上了氧氣罩。

氧氣罩的管線，則接著負責供應氣體的大型鋼瓶。

「等會，我會在氧氣罩中混入一部分的麻醉氣體。」龍醫生對所有人宣佈道：「這麻醉氣體不會損及你們的健康，只是會讓你們陷入昏迷……」

人一昏迷，地獄遊戲的大門就此敞開，靈魂被拖入遊戲之中，從此展開一場未知而危險的生死冒險。

所有人同時伸手向滑鼠，一陣頻繁的滑鼠敲擊聲過後，所有人一同登入了網路。

「在進入遊戲之前，」錢爸坐在椅子上，看著大家，提高聲量，「我有件事要特別提醒大家……」

所有人同時停止動作，看著錢爸。

「由於我們這群人中，集合了電腦、網路以及遊戲高手，我相信，當我們進到了地獄遊戲之中，我們一定能創造出遠超過其他玩家的能力，但是，有件事卻是我非常擔心的……」錢爸朗聲說著。

「當我們進入遊戲，會遇到什麼事？會變成什麼模樣？甚至會出現在什麼地方？我們都不知道。為此，我和大家約定一個暗號，我們就憑著這『暗號』來相認吧。」

「暗號？有道理。」眾人一起點頭，「那錢爸，我們要用什麼暗號呢？」

「我女兒錢宜在昏迷前，最迷戀基督教的文化與圖畫，她認為『天使』非常帥氣，因為天使不只能帶來美妙的愛情，更是代表上帝的正義部隊，對敵人絕不容情，可以說是融合了美麗和暴力，我想，正適合我們這七個人。」錢爸說到這裡，注視著醫院窗外那片飄著白雲的藍天，上頭是否也正有天使在注視呢？「各位，我們便以『天使』作為暗號吧。」

「天使？奉上帝之名的正義軍團？」所有人同時點頭。「就這麼說定了，錢爸！」

「好。」錢爸吸了一口氣，嘴角揚起。「從今以後，我們以『天使團』為號召。而天使長『六翼天使』，就是我的名字。」

從今以後，我們以天使團為號召，六翼天使，就是我的名字。

「故事結束了。」黑暗中，兩個人正對飲，一杯是酒。

一杯，卻是碗麵線糊。

「這一次，我們都沒出場勒。」其中一個，喝著酒的那個，搖著頭。「枉費我第四集這樣出生入死賣命。」

「是啊，按照慣例，沒出場的角色，都可以在最後跑一點龍套。」另一個喝著米麵糊的男人，穿著拖鞋和短褲。

「就像上次的土地公嗎？」喝酒的男人說，「是吧，錢鬼。」

「是啊。」喝著米麵糊的男人用衣袖擦了一下嘴巴。「那我們這次該跑點什麼樣的龍套呢？約翰走路。」

「預言法咖啡真正喜歡的人？」

「媽啊，你這小子還執迷不悔，所有的讀者都知道，法咖啡喜歡誰啦。」

「哼。我絕對不會放棄的。」

「是，是，是。」錢鬼笑。「不過，不談法咖啡，我們倒可以預言一個有趣的。」

「喔？」

錢鬼一笑，把臉靠向鏡頭。

「下一集，有個人的故事終於會登場了。」

「誰？」

「曼哈頓獵鬼小組中，狼人T的月下追凶，吸血鬼女的小女孩的夢，還有一開始圓桌武士的雷……每個人的故事都上場過了。」錢鬼喝了一口米麵糊，「你不覺得，老是欠了一個人的故事，他為什麼要加入獵鬼小組嗎？」

地獄浩劫

「啊？你是說……」約翰走路張大嘴巴。

「他雖然在這一集不小心掛了。」錢鬼嘻嘻一笑，「但是，下一集說起他的故事，可真正是精采萬分喔。」

請期待下一集，少年H外傳——「不得不輸的理由」。

The End

下集預告

阿努比斯為了搶救法咖啡，展開了一趟台北城的千里追逐，
在前方等待他的，卻是台北城所有的黑榜妖怪，
還包括了驚天動地的九頭怪獸『龍之九子』。

另外，諸葛孔明親手設計的陷阱『高鐵』，到底有多可怕呢？
阿努比斯永遠的宿敵小丑又到底躲到哪裡去了，
他是不是又在計畫著什麼，要陷害這個來自埃及的地獄列車長呢？

城隍廟中，鍾馗的決定，媽祖的眼淚，究竟能否阻止羅剎王的進襲呢？
還是他們會淪為地獄遊戲下一對犧牲者？

小飛俠和飛行武僧中伏，武僧以生命為掩護下，
小飛俠負傷逃走，他是否能把『生門』的位置給帶出來？
又會遇到什麼奇怪的遭遇呢？

少年H在大霧中喪命，真相到底是如何？
星象中的那珠紅鸞，又能為少年H的必死的大劫，
帶來什麼樣關鍵性的影響？

敬請期待地獄系列第六部

少年H的故事，即將隆重登場。

國家圖書館出版品預行編目資料

地獄系列. 第五部, 地獄浩劫 Div 著.-- 初版.
-- 臺北市：春天出版國際，2007 [民96]
面； 公分. --（奇幻次元；19）
ISBN 978-986-6899-44-7（平裝）
857.83 96006686

奇幻次元 19

地獄浩劫

作　　者◎Div
企劃主編◎莊宜勳
封面繪圖◎Blaze
封面設計◎小美@永真急制workshop
美術設計◎陳偉哲

發 行 人◎蘇彥誠
出 版 者◎春天出版國際文化有限公司
地　　址◎台北市忠孝東路四段303號4樓之1
電　　話◎02-7733-4070
傳　　真◎02-7733-4069
E-mail◎frank.spring@msa.hinet.net
郵政帳號◎19705538
戶　　名◎春天出版國際文化有限公司
法律顧問◎蕭顯忠律師事務所
出版日期◎二〇〇七年五月初版一刷
　　　　　二〇二一年九月初版三十五刷
定　　價◎199元

總 經 銷◎植德圖書事業有限公司
地　　址◎新北市新店區中興路二段196號8樓
電　　話◎02-8919-3186
傳　　真◎02-8914-5524
印 刷 所◎鴻霖印刷傳媒股份有限公司

ISBN 978-986-6899-44-7
Printed in Taiwan